풍운강호

황진훈일문벽산(黃塵爋日問碧山)

흙먼지 해를 가릴 제 청산 가는 길을 묻다.

6

진부동 신무협 장편소설

ORIENTAL FANTASYSTORY & ADVENTURE

風雲江湖

dream books
드림북스

풍운강호(風雲江湖) 6 운명의 갈림

초판 1쇄 인쇄 / 2011년 10월 19일
초판 1쇄 발행 / 2011년 11월 9일

지은이 / 진부동

발행인 / 오영배
편집팀장 / 신동철
책임편집 / 윤상현
편집디자인 / 신경선
펴낸 곳 / (주)삼양출판사 · 드림북스

주소 / 서울특별시 강북구 송천동 322-10호
대표 전화 / 02-980-2112 팩스 / 02-983-0660
편집부 전화 / 02-980-2116 팩스 / 02-983-8201
블로그 / blog.naver.com/dreambookss

등록번호 / 제9-00046호
등록일자 / 1999년 3월 11일

값 8,000원

ISBN 978-89-542-4600-2 (04810) / 978-89-542-4355-1 (세트)

* 지은이와 협의하에 인지는 생략합니다.
* 잘못된 책은 구입한 곳에서 바꾸어 드립니다.

풍운강호

황진훈일문벽산(黃塵燻日問碧山)

흙먼지 해를 가릴 제 청산 가는 길을 물다.

6

운명의 갈림

진부동 신무협 장편소설

ORIENTAL FANTASY STORY & ADVENTURE

dream books 드림북스

풍운강호

목차

제1장

소림사를 떠나다

마교의 대대적인 소림사 습격.

오랜 세월 복수의 칼을 갈며 치밀하게 준비해 온 마교의 힘은 무림맹의 예상을 훨씬 넘어서는 것이었다.

특히 마교 교주 동악율은 무림맹 측 최고 고수 세 명을 동시에 상대하면서도 우위에 서는 가공할 신위를 보여주었다.

정도 무림의 몰락이 임박한 시점.

자신의 몸을 던져 국면을 전환시킨 사람이 있었으니, 바로 진평이었다.

마교 교주는 중상을 입었지만 몸을 피하면서 남은 교도들에게 무림맹 말살 명령을 내렸다.

소림사 장생전은 격전의 장으로 변했다.

이십팔좌 중 십여 좌만 남은 무림맹은 두 배가 넘는 마교 병력에 둘러싸여 고전을 면치 못했다.

그나마 겨우 균형을 유지할 수 있었던 것은 뇌전대의 분투 덕분이었다.

그러나 장기적으로 보자면 이 싸움의 결말이 어찌 되리란 것쯤은 쉽게 예상할 수 있었다. 무림맹 측에 절대적으로 불리한 싸움이었다.

"곽완! 곤방(坤方)이 비었다!"

마교 교주에게 탄천벽의 수법을 쓰느라 몸의 안과 밖이 모두 만신창이가 된 진평은 구재원의 부축을 받으며 뒤로 물러나 있었다.

싸움에 뛰어들고 싶은 마음이 굴뚝같았지만, 지금 그의 몸 상태는 철적을 쥘 힘도 없어서 구재원이 대신 챙겨 들고 있을 정도였다.

그래도 그의 시선은 전장에서 떠나지 않았다.

대국적으로 전투 양상을 살펴보다가 허점이 드러나면 큰 소리로 팔괘의 방위를 불러주어 대비하도록 했다.

그 지휘 덕에 뇌전대는 굳건한 방어 대형을 유지할 수 있었다.

문제는 진평이었다.

기경팔맥이 뒤엉킨 상태에서 무리를 하다 보니, 한 번 소리를 지를 때마다 각혈을 하고 숨을 몰아쉬어야 했다.

구재원이 안타까운 표정으로 만류했다.

"숙부님. 몸을 먼저 돌보십시오."

그러나 진평은 멈추지 않았다.

"여기서 밀리면 우리 모두 죽고 말 거야."

그러니 자기 내상을 걱정하는 건 사치라는 생각이었다.

장지균이 중얼거렸다.

"그래……. 모두 죽을 거야."

그는 홍패가 들쳐업고 있었다.

홍패 입장에선 그를 아무 데나 내려놓고 셋이 함께 이곳을 빠져나가고 싶은 마음이 굴뚝같았지만 진평의 명령 때문에 어쩔 수 없이 무거운 짐을 떠맡아야 했다.

중얼거리던 장지균의 팔다리가 갑자기 축 늘어졌다.

의식을 잃은 것이다.

홍패는 반색을 했다.

"죽었나? 어이! 이봐!"

죽었으면 당장 버리려고 했는데, 안타깝게도 장지균의 호흡은 가늘게 이어지고 있었다.

"젠장! 무거운 놈이 빨리 뒈지지도 않네."

홍패가 진평에게 말했다.

"형님. 석형님께 도움을 청해야겠습니다. 지금 이 상태로는 조카나 저나 제대로 싸울 수가 없습니다."

"그만 둬."

진평은 고개를 가로저었다.

석위는 싸움에 미쳐서 한창 신명나게 칼춤을 추고 있었다. 부른다고 올 것 같지도 않았고, 그에게 자신의 무기력한 모습을 보이고 싶지도 않았다.

또, 그가 이쪽에 가세한다면 지금 복운표국이 장악하고 있는 쪽이 크게 함몰될 것이기에 전체적인 균형이 무너질 수도 있는 일이었다.

진평이 말을 듣지 않자 홍패는 속으로 결심했다.

무림맹 방어선이 조금만 더 무너지면 진평의 수혈을 누르고 구재원과 함께 이곳을 빠져나가기로 마음먹은 것이다.

그때, 가까이로 다가오는 세 사람이 있었다.

바로 사천당가의 당소민, 당백견, 왕지령이었다.

상황이 여의치 않게 돌아가는 것을 보고 그들 역시 몸을 빼낼 궁리를 했다.

그런데 은공인 진평을 놔두고 자기들만 달아날 수는 없다고 생각하여 위치를 파악하고 다가온 것이다.

진평은 당소민을 반가이 맞았다.

"당소저. 남아 있는 암기 없소?"

그녀가 손을 쓰면 밀집된 적을 일거에 몰살시킬 수 있기에 기대감을 가질 수밖에 없었다.

그러나 당소민은 고개를 가로저었다.

"아까 백운곡에서 다 썼어요."

뇌전대가 백운곡으로 올라오는 마교 병력을 모두 물리치고 예상보다 빨리 장생전으로 올라올 수 있었던 데는 그녀의 암기들이 큰 역할을 했던 것이다.

그녀 옆의 당백견도 자신의 왼팔을 한 번 툭 쳐 보였다. 잠룡투의 탄환 역시 다 떨어졌다는 의미였다.

진평은 낙담했다.

암기가 없어서가 아니라, 남에게 의지해야 하는 자신의 현재 상황이 마음에 들지 않아서였다.

혹시나 하는 마음으로 단전에 의식을 걸어 보았지만 어떠한 흐름도 이끌어낼 수 없었다.

무리를 해서인지, 탄천벽을 펼쳐낸 직후보다 오히려 지금의 상태가 더 안 좋게 느껴졌다.

운기조식이 절실하게, 그리고 급히 필요했지만 주변 여건은 점점 불리하게만 돌아갔다.

팽팽하던 균형이 서서히 기우는가 싶더니 조금씩 가속도가 붙어서 물러나는 속도가 점차 빨라졌다.

싸우는 사람들은 느끼지 못했지만, 뒤에서 지켜보는 진평은 그 차이를 확연히 감지할 수 있었다.

전체 전황을 살피기 위해 좌우로 고개를 돌리던 진평은 한 사람과 시선을 마주치게 되었다.

소림방장 원각대사였다.

그의 눈빛엔 많은 감정이 담겨 있었다.

진평 역시 감회가 새로웠다.

무림의 대선배이자 함께 싸운 동지, 강호의 미래를 걱정하는 동도와 한자리에서 죽음을 맞는다는 사실이 여러 가지 감상을 불러 일으켰다.

'이렇게 끝나는 건가.'

후회는 없었다.

다만 무기력한 상태로 최후를 맞아야 한다는 점이 애석할 뿐이었다.

홍패는 구재원과 눈빛을 교환했다.

상황이 심상치 않음을 느끼고 자신의 계획을 실천하려는 것이었다.

바로 그때.

의외의 변수가 발생했다.

날렵한 파공음과 함께 수십 명의 인영이 장생전 담을 넘어 들어오더니 불문곡직하고 마교의 배후를 공격하는 것이었다.

"적을 막아라!"

마교 진영은 크게 혼란스러워졌다.

새로 나타난 사람들은 자주색 가사를 입고 머리엔 노란 모자를 쓴 라마승들이었다.

그들은 개개인의 무공이 뛰어날뿐더러 체력과 내공 양면에서 생생한 상태였기 때문에 마교도들이 도저히 당해낼 수 없었다.

라마승들의 출현은 전체 판도를 단번에 뒤집어버렸다.

숫자는 기껏해야 사십에서 오십 명.

그러나 그 위력은 어마어마했다.

승리를 목전에 두고 있던 마교도들은 단지 승리 쟁취에 방해를 받은 것뿐만이 아니라 절망감까지 함께 맛보게 되었고, 그것은 즉시 사기 저하로 이어졌다.

서장어로 주문을 외우고 기합 내지르는 소리가 점점 더 커져가자 마교 측 수장 철혈각주 양만은 심각하게 고민하지 않을 수 없었다.

무리를 해서라도 끝장을 볼 것인가, 아니면 남은 병력이나마 온존하여 훗날을 기약할 것인가.

고민하고 망설이던 양만은 마침내 결단을 내렸다.

"퇴각하라!"

그 명령에 따라 신호 호각 소리가 사방에서 요란하게 울려 퍼졌다.

마교도들은 대형을 유지하며 퇴각하기 시작했고, 라마승들은 그들을 산허리까지 쫓아 내려갔다.

산문까지 이어진 추격전은 밤이 깊어지면서 마침내 끝이 났다.

무림맹 군웅들은 일제히 승리의 함성을 질렀다.

비록 피해가 극심하긴 하지만, 그래도 분명 기념할 만한 승리였다.

* * *

여기저기 화톳불이 밝혀지고 사상자를 돌보는 시간.

원각대사는 몸이 정상이 아니었지만 맹주의 본분을 다하지 않을 수 없었다.

그는 경계병을 배치하고 부상자들을 위한 치료소를 마련한 후 석위를 찾아가 사례했다.

"아미타불……. 시주의 도움에 감사드립니다."

마교 교주를 죽일 수 있었음에도 불구하고 놓아준 일 때문에 피해가 커지기는 했지만, 그것을 석위의 탓이라고 하기는 어려웠다.

석위를 비난하기에 앞서, 진정으로 마교 교주의 죽음을 원했다면 직접 나서서 손을 썼으면 될 일이었다.

정작 마교 교주와의 대결에 조금의 공헌도 하지 않은 자들이 뒤에서 말로만 떠들어대는 건 아무 의미도 없었다.

그 일과는 별개로, 석위와 복운표국 무사들이 장생전 전투에서 보여준 투지는 무림맹이 살아남는 데 있어 큰 도움을 준 게 사실이었다.

원각대사 좌우의 소림 제자들은 석위를 바라보았다. 무림맹주가 인사를 했으니 석위가 대답을 할 차례인데 그가 입을 열지 않았기 때문이다.

자신을 향한 시선들을 못마땅한 표정으로 둘러본 석위는 입맛을 다신 후 말했다.

"이젠 더 싸울 상대가 없군. 난 간다."

그리고는 바로 돌아서서 부하들을 거느리고 휘적휘적 산을 내려가 버렸다.

원각대사와 소림제자들은 당황하지 않을 수 없었다.

소림방장이자 동시에 무림맹주인 원각대사가 먼저 찾아와 인사를 하는데 거들떠보지도 않고 등을 보였으니 기가 막힐 노릇이었다.

몇몇 제자들이 분개한 표정을 드러냈지만 원각대사가 그저 허허! 웃고 마는 판에 자신들이 나설 수는 없었다.

원각대사는 다른 무리 쪽으로 다가갔다.

목적했던 곳과 가까워질수록 그의 얼굴에는 복잡한 감정이 고스란히 드러났다.

사례할 대상이 바로 라마승들이었기 때문이다.

라마교는 불교의 한 갈래이니, 근본을 따지자면 소림승과 라마승은 한 형제라고도 할 수 있었다.

그러나 원나라 때 라마교가 지은 악업이 너무나 컸다.

몽골 황실은 한인을 자신들이 방목해서 기르는 가축이나 마찬가지로 취급했기 때문에 조정의 고위직 자리엔 대부분 이민족을 앉혔다. 국사(國師) 자리도 서장의 라마승에게 돌아갔는데, 그들은 밀교의 수행법을 전파하면서 수단과 방법을 가리지 않고 자신들의 욕심을 채웠다.

중원의 도교와 불교 사원들은 탄압의 대상이었고, 소림사도 숱한 고초를 겪어야 했다.

그런 과거의 앙금을 묻어두고 감사 인사를 해야 한다는 건 원각대사에게 결코 쉽지 않은 일이었다.

"아미타불……. 도와주심에 감사드립니다."

원각대사는 무림맹주이기에 머리를 숙였다.

라마승들의 우두머리가 정중하게 합장한 후 말했다.

"도움이 되었다니 기쁘기 한량없습니다. 저는 르파찬이라고 합니다. 그리고 우리는 겔룩입니다."

그는 악양에서 진평과 겨룬 바 있는 바로 그 라마승이었다. 그때 진평이 르파찬 일행을 보내주었기에 오늘 그들이 무림맹을 위난에서 구할 수 있었던 것이다.

원각대사가 겔룩이란 말의 뜻을 몰라 의아한 표정을 짓자 르파찬이 다시 말했다.

"우리 라마교가 과거에 옳지 못한 일을 했었다는 사실을 잘 알고 있습니다. 하지만 그들은 사캬의 무리입니다. 우리 겔룩은 다릅니다. 타락한 사캬의 무리를 내쫓고 현밀(顯密)을 더욱 중시하고 있습니다. 보십시오! 우리가 쓰고 있는 이 노란 모자가 그 상징입니다."

"아미타불……. 개혁을 이루었다는 말씀이군요."

"그렇습니다."

소림 제자들은 라마승들이 자기네들끼리 파를 나눠 싸우건, 각각의 파가 무엇을 중시하건 별 관심이 없었다. 그러나 오랜 세월 교리를 공부해 온 원각대사는 흥미를 느꼈다.

"현밀이란 무엇입니까?"

"그것은 중원식으로 말하자면 대승(大乘)이라고 할 수 있습니다. 사캬는 인도의 탄트라 밀교를 답습하여 주술적이고, 음란하고, 타락한 면을 많이 가지고 있었지만, 우리는 총카파(宗喀巴) 라마의 보리도차제론(菩提道次第論)을 중심으로 새로운 수행법을 실천하고 있습니다."

원각대사의 눈이 빛났다.

"보리도차제론은 무엇을 설하고 있습니까?"

"저희 총파카 라마께서 문수보살의 가르침을 공안으로 잡고 선정에 들어가서 저술하신 책입니다."

르파찬의 한어 발음은 전보다 더욱 유창해져서 단어 하나하나에 정확히 뜻을 담아 전달할 수 있었다.

원각대사는 학문적인 흥미를 이기지 못하고 처음의 복잡했던 심정을 뒤로 젖혀둔 채 거듭 물었다.

"좀 더 자세히 얘기를 할 수 있을까요?"

"물론입니다."

라마교도들은 그렇게 하여 소림사의 지객당에 한 자리를 차지하게 되었다. 오랜 세월 불편하던 관계가 마교와의 싸움에 결정적인 도움을 줌으로써 어느 정도 풀리게 되었고, 거기에 더해 교리에 대해 함께 토론하는 사이로 발전할 길을 열게 된 것이다.

라마승들 입장에선 이번 중원행에서 충분한 성과를 거두었다고 할 수 있었다.

라마승들을 지객당에 머물게 한 원각대사는 그제야 진평과 장지균의 상태를 확인할 수 있었다.

객사 마당엔 뇌전대원들이 가득했다.

대장과 장지균의 안위가 걱정되어 몰려온 것이다.

원각대사가 방으로 들어가자 홍패와 구재원, 그리고 당소민이 그를 맞았다. 진평과 장지균은 두 개의 침상에 각각 뉘어져 잠든 상태였다. 당소민이 급한 대로 단약을 먹여 안정을 취하게 한 것이다.

"아미타불……. 소승이 좀 봐도 되겠습니까?"

홍패는 기꺼이 진맥을 맡겼다.

진평과 장지균의 손목을 번갈아 잡으면서, 원각대사의 표정은 여러 차례 변했다.

홍패는 조급함을 숨기지 못했다.

"맹주님. 형님의 상태가 어떻습니까?"

원각대사는 한 차례 깊은 한숨을 내쉰 후 말했다.

"장시주는 내상이 그리 깊지 않습니다. 부러진 팔만 나으면 괜찮아질 것입니다. 하지만 진시주는……."

"예. 형님은요?"

"상태가 많이 안 좋습니다. 완치되려면 상당히 오랜 기간 정양이 필요할 것 같습니다."

"아……!"

홍패와 구재원, 당소민 모두 낙담했다.

그것은 이미 예견한 바였다.

장지균은 호흡이 고르고 안정적인 데 반해 진평의 기식은 불규칙하게 끊겼다가 겨우 이어지기를 반복하고 있었다.

전투가 진행되는 동안에는 진평이 더 생생했지만 승리가 확정되자마자 의식을 잃었고, 지금과 같은 위중한 상태에 이른 것이다.

홍패는 진평의 안색을 살폈다.

의외로 그는 담담했다.

내공 운용에 있어 그 어느 문파보다 많은 지식을 쌓아놓고 있는 본혈방의 방주답게, 진평은 이미 자기 몸 상태를 정확히 알고 있었다. 원각대사의 진맥은 그 상황을 확인해준 것일 뿐, 진평 자신이 전혀 몰랐던 새로운 사실을 얘기한 것은 아니었다.

원각대사는 제자에게 명하여 대환단(大還丹) 두 알을 가져오게 했고, 진평과 장지균에게 각각 하나씩 먹였다.

그들이라면 대환단도 아깝지 않았던 것이다.

약효 덕분인지 장지균은 금세 눈을 떴다.

그는 원각대사에게 사례를 한 후 팔을 묶은 붕대와 부목을 풀었다. 그리고 제 손으로 뼈를 바로 맞춘 후 구재원의 도움을 받아 부목을 다시 대고, 붕대도 새로 묶은 뒤 자기 처소로 돌아갔다.

진평은 그때서야 눈을 떴다.

"형님!"

홍패가 얼른 그를 부축했다.

진평은 단전을 가득 채운 기운을 느꼈다.

원각대사가 자신에게 귀한 선물을 한 게 분명했다.

그러나 그것들을 실어 날라야 할 길들이 막히고 끊겨 있어서 당장은 도움이 되지 않았다.

그는 우선 인사부터 했다.

"감사합니다. 맹주님."

"감사는 내가 해야지요. 잠시만 정양하고 계십시오. 주변이 정리되면 내가 따로 치료할 길을 알아보겠습니다."

진평은 고개를 끄덕였다.

원각대사 일행이 돌아가자 홍패가 안도의 한숨을 내쉬며 말했다.

"휴우……! 정말 다행입니다. 맹주님이 책임지겠다고 하신 거나 마찬가지니까 믿어도 되겠죠? 히히!"

원각대사는 진평을 각별하게 생각했다.

그래서 그런 식의 언질을 준 것이다.

진평은 진기를 움직여 보았다.
상태가 예상보다 훨씬 심각해서 단 한줄기의 내력도 모이지 않았다. 그는 그 사실을 내색하지 않고 물었다.
"밖이 왜 소란스럽지?"
"아! 대원들이 다 모여 있습니다. 형님이 일어났다는 소식을 들은 모양입니다."
"나를 부축해 줘."
홍패와 구재원의 부축을 받아 일어선 진평은 몇 걸음 떼어 본 후 두 사람의 팔을 놓고 자기 발로 걸어 마당으로 나갔다.
그의 모습이 보이자 뇌전대원들이 일제히 환호성을 질렀다. 전각 지붕이 흔들릴 정도로 큰 소리였다.
진평은 손을 저어 그들을 진정시킨 후 말했다.
"우리는 승리했다!"
"와아아……!"
"나는 너희들이 자랑스럽다."
그러자 대원들 중 누군가 큰소리로 외쳤다.
"우리도 대장님이 자랑스럽습니다!"
거기에 호응하는 환호성이 다시 울려 퍼졌다.
진평은 미소 지으며 말했다.
"전장에서 선봉에 나서 싸우는 것은 크나큰 용기를 필요로 하는 일이다. 그런데 우리 뇌전대는 그 일을 훌륭하게 해냈다. 이제 용기만큼 어려운 일이 우리 앞에 놓여 있다. 그것은 인내와 헌신이다. 각자 자기 문파로 돌아가 부상자를 돌보고 힘을 추스르며 다음 명령을 기다려라."

"예! 알겠습니다."

뇌전대원들은 흔쾌히 진평의 명령에 따랐다.

돌아가는 그들의 얼굴엔 자부심이 가득했다.

세상 누구보다도, 진평에게 인정받았다는 사실이 기뻤던 것이다.

그들의 해산을 지켜보고 방으로 들어온 진평은 당소민에게도 감사 인사를 한 후 돌려보냈다.

그리고 문이 닫히자마자 피를 토하며 주저앉았다.

"형님!"

"숙부님!"

홍패와 구재원은 깜짝 놀랐다.

진평이 대원들에게 큰 목소리, 당당한 어조로 말을 해서 내상이 어느 정도 나았다고 생각했는데, 그게 전혀 아니었던 것이다.

"형님. 왜 무리를 하셨습니까?"

진평은 호흡을 가다듬은 후 대답했다.

"나는 약해진 모습을 보일 수 없어."

홍패는 그게 무슨 뜻인지 알았다.

소림사엔 아직 마교의 첩자들이 남아 있을 게 분명했다. 동창도 언제 태도가 돌변할지 모르는 일이었다.

뿐만 아니라 무림맹 이십팔좌 내에도 호림공 진삼을 싫어하는 사람이 있었다.

"아무래도 여기 머무는 건 위험할 것 같군요."

"맞아. 장계상을 불러서 최대한 빨리, 그리고 은밀하게 빠져나갈 방법을 강구하도록 해."

"소림방장이 내공을 회복하고 나면 형님의 내상을 말끔히 치료해주실 수 있을 텐데……."

"그건 기대하기 어려워."

소림방장이 준비되기 전에 적들이 먼저 손을 쓸 가능성이 더 컸다.

"알겠습니다. 즉시 준비하겠습니다."

구재원이 말했다.

"제가 배를 구하겠습니다."

진평은 검지를 가로저었다.

"너는 여기 남는다."

"예? 안 됩니다. 저도 숙부님을 호위하겠습니다."

"무림맹이 위난에 처한 지금이 바로 최고의 기회다."

"기회라니요?"

진평은 잠시 호흡을 고른 후 말했다.

"사람들은 고난과 역경을 함께 헤치고 나온 동지를 마음 깊이 믿고 신뢰하기 마련이야. 무림맹의 힘이 절반 이상 꺾인 지금이야말로 네가 사람들을 돕고, 함께 어려움을 극복하고, 용기를 북돋워 줄 가장 좋은 기회인데, 나 때문에 놓치게 할 수는 없어."

"하지만, 숙부님……."

"누군가는 이곳에 남아 있어야지."

진평이 말하기 힘들어한다는 걸 눈치채고 홍패가 나섰다.

"형님이 안전하려면 행적에 대해 아는 사람이 적을수록 좋아. 그러니 시키는 대로 해."

구재원은 따를 수밖에 없었다.

"알겠습니다."

홍패는 장계상을 불렀고, 새벽 시간을 이용해 은밀히 빠져나가기로 계획을 세웠다.

그런데 자정이 지나 한 무리의 사람들이 진평의 거처를 찾아왔다. 그들을 본 홍패는 긴장하지 않을 수 없었다.

바로 청성파와 점창파의 도사들이었기 때문이다.

"야심한 시각에 무슨 일입니까?"

홍패는 객청 입구를 막아섰다.

들이지 싶지 않았던 것이다.

수염을 길게 기른 청성파 도사가 나서서 말했다.

"난 청성의 풍암(風庵)이라 하오. 호림공의 상세가 어떤지 궁금하여 찾아왔으니 만나게 해주시오."

홍패는 긴장했다.

풍암도장은 현재 무림맹 이십팔좌 중 청성파를 지휘하는 최고 책임자로, 청성파 장문인의 사제임과 동시에 지난번 진평이 쓰러트린 운현도장의 사제이기도 했다.

점창파 도사 중에서도 한 명이 나서서 말했다.

"듣자 하니 내상이 깊다고 하던데, 우리가 도움이 될 수도 있으니 한번 보게 해주시오."

그는 일전에 진평과 겨루었던 손효월이었다.

홍패는 침음성을 삼켰다.

청성과 점창 모두 진평과 구원(舊怨)이 있으니 래자불선(來者不善)이라는 말이 절로 생각났다.

"형님은 지금 운기조식 중입니다. 내일 아침에 다시 와주십시오. 죄송합니다."

그러나 그들은 물러서려 하지 않았다.

"내상이 있는 상태에서 무리하게 운기조식을 하면 주화입마에 들 수도 있소."

진평을 걱정해주는 체하며 막무가내로 들어가려 하자 홍패는 양손을 내저어 그들을 가로막았다.

"아, 알았습니다. 여러분이 오셨다고 알릴 테니 여기서 잠시만 기다리십시오."

홍패가 들어가 밖의 사정을 알렸다.

진평은 억지로 몸을 일으킬 수밖에 없었다.

그는 기식을 고른 후 턱짓을 했다.

"들어오라고 해."

객청에 들어선 풍암도장과 손효월은 진평의 안색부터 살폈다. 진평은 평온한 표정으로 그들에게 포권을 한 후 자리를 권했다.

"문파 내에도 처리할 일들이 많을 텐데 내 병문안까지 와 주니 고맙군요."

풍암도장은 구재원이 차를 내오기도 전에 질문부터 했다. 성미가 몹시 급한 사람이었다.

"듣자 하니 마교 교주에게 동귀어진의 수법을 쓰느라 회복 불능의 엄중한 내상을 입었다고 하던데, 그게 사실이오?"

사람을 앞에 앉혀 놓고 그런 식으로 묻는 것은 실례였다. 옆에 앉은 점창파의 손효월이 살짝 눈살을 찌푸렸지만 풍암도장은 개의치 않고 진평을 뚫어져라 노려봤다.

진평이 불쾌한 표정으로 대답했다.

"내상을 입은 것은 사실이지만, 그 정도로 심하지는 않소."

"그렇다면 다행이군. 이제 마교도 물리쳤으니 지난 일에 대해 따져볼 게 있소."

"그게 무엇입니까?"

"사술을 써서 내 사형을 쓰러트리고, 그로 말미암아 우리 청성파의 명예가 실추된 사건을 말하는 것이오."

진평은 기가 막혔다.

운현도장이 먼저 구재원을 해하려 했기에 자신이 나섰던 것뿐이고, 그가 쓰러진 것도 힘에서 밀렸기 때문인데 이제 와서 사술이니 뭐니 하는 건 말도 안 되는 소리였다. 자기가 부상당한 틈을 타서 핍박하려는 게 분명했다.

"그래서, 그걸 꼭 지금 따져야겠소?"

진평이 삐딱한 태도로 묻자 풍암도장은 자리를 박차고 일어서며 버럭 소리를 질렀다.

"사문의 명예보다 중요한 일이 어디 있단 말인가?"

아주 대놓고 시비를 거는 것이었다.

진평도 벌떡 일어섰지만 그는 아무 말도 할 수 없었다. 기혈이 격탕해서 입이라도 벌렸다가는 바로 피를 토할 것 같았기 때문이다.

홍패와 구재원이 진평의 앞을 막아섰다.

그리고 구재원이 물었다.

"지금 병문안을 오신 겁니까? 아니면 시비를 걸러 오신 겁니까? 이럴 거라면 당장 나가주십시오."

"흥! 네놈이 뇌정산장의 구가로구나. 너 또한 이 일에서 자유롭지 못하니 도망갈 생각 말거라."

"도망? 내가 왜 도망을 간단 말이오?"

구재원도 화가 났다.

그의 손은 검 자루로 향했고 홍패의 손 역시 소매 안으로 들어가 암기의 자루에 닿았다.

두 사람 모두 진평의 안전을 위해 목숨 걸고 싸우겠다는 의지가 눈빛으로 드러났다.

풍암도장은 그들의 그런 모습에 흠칫 놀랐다.

단지 결사의 의지뿐만이 아니라 두 사람이 내뿜는 기도가 심상치 않았기 때문이다.

그러나 그는 곧 냉소를 지었다.

아무리 실력이 있다고 해도 수적으로 차이가 많이 났다. 그리고 그들 두 사람이 자신과 손효월을 모두 감당해낼 수 있을 거라고는 보지 않았다.

그가 손짓을 하자 청성파 제자들은 좌우로 펼쳐 서서 진평 일행의 퇴로를 차단했다.

풍암도장은 손효월 쪽을 봤다.

점창파 역시 자신과 동조하여 포위망을 구축할 줄 알았는데, 의외로 그들이 전혀 움직이지 않았기 때문이다.

손효월은 재촉하는 풍암도장의 시선을 무시하고 진평을 노려보았다. 진평 역시 지지 않고 그를 마주 보았다.

손효월은 기분이 나빴다.

진평의 몸 상태는 훤히 들여다보였다.

아무렇지 않은 척하고 있지만 그를 둘러싼 기도가 허장성세에 불과하고, 그마저도 흔들리고 있다는 사실을 어렵지 않게 감지할 수 있었다.

풍암도장도 그것을 눈치채고 세게 나오는 것이었다.

그런 상황임에도 불구하고 진평의 태도는 전혀 고분고분하지 않았다. 마치 이 자리에서 죽을지언정 너희들에게 고개를 숙일 수는 없다고 말하는 것 같았다.

손효월의 손아귀에 힘이 들어갔다.

지금 풍암도장과 힘을 합치면 앞을 가로막은 두 사람을 제거하고 진평까지 해치울 수 있었다.

그러나 왠지 마음이 내키지 않았다.

일전에 진평과 겨룬 일이 생각난 것이다.

그때 진평이 배려해준 덕에 낭패한 꼴을 모면할 수 있었는데, 지금 상대의 위기를 이용해 겁박하는 것은 사내답지 못한 행동이었다.

"손형!"

풍암도장의 재촉하는 소리에 손효월은 마음을 정했다.

"보아하니 지금은 호림공의 몸이 안 좋은 것 같은데, 후일 다시 만나서 얘기하도록 합시다."

홍패와 구재원은 반색을 했고, 깜짝 놀란 풍암도장은 버럭 소리를 질렀다.

"그게 무슨 말씀이시오?"

"지금은 때가 좋지 않은 것 같습니다."

"하지만 점창파도 이 자에게 꼭 따져봐야 할 일이 있다고 하지 않으셨습니까?"

"기식조차 고르지 않은 사람에게 과거지사를 묻는 건 너무 졸렬하다는 생각이 드는군요. 나는 그만두겠습니다."

그리고 손효월은 진평을 봤다.

진평은 여전히 오연한 표정을 바꾸지 않고 있었다. 고맙다는 말을 듣기는 글렀다는 생각이 들었다.

그러나 손효월은 후회하지 않았다.

설령 두 번 다시 기회가 없을 거라고 해도, 방금 자신의 입으로 말했듯이 졸렬한 행동을 할 수는 없었다.

불똥은 엉뚱한 곳으로 튀었다.

풍암도장이 격노한 것이다.

"손형의 방금 말씀은 무슨 뜻이오? 우리 청성파가 졸렬하다고 비웃으신 겁니까?"

"그런 뜻은 아닙니다."

손효월은 당황했다.

청성과 점창은 무림맹이 만들어지기 이전부터 동맹 관계였다. 실언으로 문제가 생기는 일은 막아야 했다.

그가 거푸 해명하자 풍암도장이 어느 정도 노기가 가라앉은 표정으로 말했다.

"우리 청성파의 명예 회복은 다른 어떤 일보다 중요하기 때문에 다음으로 미룰 수 없습니다. 점창파도 부디 협조해주십시오."

속이 빤히 들여다보이는 얘기였다.

손효월은 못마땅한 표정으로 입을 꾹 다물고 있다가 갑자기 고개를 가로저으며 말했다.

"우리 점창은 이 일에 관여하고 싶지 않소."

그러더니 진평에게 포권을 한 후 제자들과 함께 밖으로 나가버렸다.

진평의 편을 들 수도 없고, 풍암도장의 억지 수작을 더 이상 보고 싶지도 않아서 아예 자리를 피해버린 것이다.

풍암도장이 따라나가며 그들을 만류했지만 손효월은 고개조차 돌리지 않았다.

분을 못 이겨 발을 한 차례 구른 풍암은 객청으로 돌아왔다. 이젠 죽으나 사나 청성파 혼자서 해결해야 할 상황.

그는 이 일을 미룰 수 없다는 사실을 잘 알았다.

진평이 평소 소림승들은 물론 사천당가 사람들과도 친분이 두텁고 뇌전대에도 따르는 사람이 많기 때문에 지금처럼 다들 격전 뒤처리로 바쁜 시간이 아니면 부하 두 명만이 그의 곁을 지키는, 천금 같은 기회는 두 번 다시 찾아오지 않을 가능성이 컸다.

풍암은 검을 뽑아 홍패와 구재원을 번갈아 겨누며 말했다.

"무기를 버려라! 감히 네놈들이 우리 청성파의 상대가 될 수 있을 거라고 생각하느냐?"

홍패가 피식 웃으며 대답했다.

"너희들이야말로 무기를 버려라. 고작 청성파 따위가 무림맹 뇌전대를 상대할 수 있을 거라고 생각하느냐?"

풍암도장의 표정이 굳었다.

자신의 앞에 있는 세 사람은 함부로 건드릴 수 있는 상대가 아니었다. 신분 내력을 따져보면 별것 아니지만, 어쨌거나 현재는 뇌전대의 대장과 간부들인 것이다.

소림사 경내에서 뇌전대원을 공격한다는 건 상당히 큰 위험을 감수해야 하는 일이라는 데 생각이 미치자 미간이 찌푸려질 수밖에 없었다.

처음 찾아올 때는 진평의 상태를 확인한 후 힘으로 윽박질러 무릎을 꿇릴 생각이었다. 그러나 부하 두 명이 목숨 걸고 나서는데다 협력자로 여겼던 손효월마저 떠나버리고 나니 여간 골치 아픈 게 아니었다.

"관을 봐야 눈물을 흘릴 놈들이로구나."

홍패가 소매 안에서 죽통 하나를 꺼내며 말했다.

"누가 눈물을 흘릴지는 두고 봐야지. 너희들 이게 무엇인지 아느냐?"

"그게 무어냐?"

"당가의 아가씨가 우리 형님에게 준 선물이다."

당가라는 말에 풍암도장의 안색이 창백해졌다.

홍패는 그 표정 변화를 살피며 말을 이었다.

"백운곡으로 올라오던 마교도들에게 무슨 일이 벌어졌는지 다들 들었겠지?"

청성파 제자들의 얼굴에도 핏기가 가셨다.

그들은 불안한 표정으로 풍암도장과 홍패 손에 들린 죽통을 번갈아 보았다.

풍암도장은 코웃음을 쳤다.

"감히 우리 청성파를 상대로 독을 쓰겠다는 말이냐?"

"힝! 어차피 생사를 놓고 겨루어야 한다면 못 쓸 건 또 뭐야? 죽어도 우리만 죽지는 않을 거다."

구재원은 곁눈질로 홍패가 든 죽통을 살펴보았다.

그것은 당소민이 쓰던 물건과는 달랐다. 홍패가 예전에 쓰던 암기통으로 엄포를 놓는 게 분명했다.

그러나 속사정을 모르는 풍암도장은 심각하게 고민하지 않을 수 없었다. 백운곡에서 마교의 진격을 막아낸 당가의 독 얘기는 벌써 소문이 퍼져서 그 역시 들은 바 있었다.

사방이 막힌 방 안에 그런 독이 퍼진다면 살아날 가능성은 극히 낮다고 봐야 했다.

풍암도장은 결국 손짓으로 제자들을 물러서게 했다.

"오늘은 밤이 깊었으니 내일 다시 얘기하도록 하지."

진평의 내상이 깊다는 사실을 확인했으니 목숨까지 걸어가며 조급하게 굴 필요는 없다고 생각한 듯했다.

청성파 도사들이 모두 물러가자 진평은 곧바로 의자를 당겨 앉았다. 기혈 흐름이 순조롭지 못해 서 있는 것조차 괴로웠던 것이다.

"형님. 괜찮으십니까?"

"물을 좀……."

진평은 차 한 모금을 마신 후 느리고 깊게 호흡을 골랐다.

마교 교주와 충돌한 직후 바로 운공요상을 시작했다고 해도 한두 달 이상은 걸려야 치료되었을 내상인데, 그 후 여러 차례 무리를 하는 바람에 상태가 점점 심각해지고 있었다.

진평이 기식을 고르는 사이 장계상이 들어와 보고했다.

"주군. 청성파 도사들이 객사 주변을 감시하고 있습니다."

홍패와 구재원은 깜짝 놀랐다.

"우리 계획을 눈치챈 건가?"

"두 명이 한 조가 되어 여덟 방위를 지키고 있습니다. 그들의 눈을 피해 빠져나가기는 어려울 것 같습니다."

진평의 미간에 주름이 잡혔다.

청성파에서 따라온다면 홍패나 구재원, 장계상 등이 다치거나 죽을 수도 있었다. 명색이 구파일방 중의 일원인데 부상자가 포함된 무리를 온전히 보내줄 리 없는 것이다.

홍패가 장계상에게 말했다.

"벽력탄 있으면 하나만 내놔 봐."

"뭐 하려고?"

"형님이 시키면 그냥 시키는 대로 해."

장계상은 못마땅한 표정을 지었지만 품 안에서 벽력탄 하나를 꺼내어 내밀었다.

홍패가 그에게 물었다.

"이걸 열고 속의 화약 가루를 전부 꺼내어 늘어놓은 후에 불을 붙이면 어떻게 되지?"

"한번 해 봐. 여기가 순식간에 불바다가 될걸."

"소리는? 그렇게 불을 붙여도 폭음이 나나?"

"확! 하고 불이 번지는 소리만 나지."

"그럼 됐어. 그걸 쪼개서 안에 있는 화약 가루들을 전부 종이 봉투에 담아줘. 그리고 원아, 너는 주방에 가서 독한 술 한 동이만 얻어 와. 치료에 쓴다고 하면 줄 거야."

그렇게 준비를 마친 홍패는 장계상의 어깨에 손을 얹고 진지한 어조로 말했다.

"잠시 후 경내가 소란스러워지면 네가 책임지고 형님을 포구까지 모셔라. 만약 형님 몸에 저놈들 손이 닿게 하면 가만두지 않을 거다."

"그건 걱정 마."

장계상은 홍패가 뭘 하려는지 짐작하고 진평과 함께 소림사를 떠나기 위한 채비를 했다.

구재원이 홍패에게 물었다.

"작은 숙부님. 저는 뭘 하면 좋겠습니까?"

"담요를 길게 말아 등에 지고 동쪽으로 멀리 달려갔다가 돌아와. 그러면 우리는 모두 빠져나간 뒤일 거야."

"알겠습니다. 조심들 하십시오."

구재원은 진평에게 작별 인사를 했다.

"숙부님. 부디 보중하십시오."

그와 시선을 맞춘 진평은 손을 힘주어 맞잡았다.

힘든 시기에 자신을 향한 구재원의 진심을 느낄 수 있어서 마음이 따듯해지는 기분이었다.

"어려운 일이 생기면 조병건과 의논해."

구재원은 의아한 표정을 지었다.

"개방의 곽형이 더 낫지 않을까요?"

진평은 고개를 가로저었다.

"그는 개방의 제자이기 때문에 이익이 상충될 수도 있어. 그리고 의리 있고 화통한 성격이라 친구로 지내기에는 좋지만 조언을 구할 만큼 깊은 지혜와 경륜을 지녔다고 보기는 어렵지."

구재원은 진평의 말에 수긍했다.

"조형과 친하게 지내도록 하겠습니다."

진평은 그의 어깨를 두드려주었다.

"다시 만나서 한잔할 날이 곧 올 거야."

"그날을 기다리겠습니다."

구재원은 홍패에게도 인사를 한 뒤 둘둘 만 담요를 자루에 넣어 어깨에 걸치고 객사의 동쪽 담을 넘어 경공술을 시전했다. 그의 갑작스러운 행동에 객사 주변을 지키던 청성파 제자들 중 절반 가까이가 추격하느라 자리를 이탈했다.

그 뒤로 홍패가 움직였다.

그는 누구의 눈에도 띄지 않게 빠져나가 청성파가 머무는 객사 지붕에 올라서는 데 성공했다. 홍패는 원래 몸놀림이 가볍고 경공술이 뛰어난데다 도둑질로 잔뼈가 굵은 몸이라 아무도 그의 존재를 알아차리지 못했다.

불 꺼진 방들 쪽으로 다가간 홍패는 기둥과 서까래에 화약을 골고루 뿌렸다. 그리고 화접자로 종이 봉투에 불을 붙여 화약에 갖다 댔다.

그러자 확! 하는 소리가 나더니 강렬한 화염이 일어났다.

급히 손을 움츠렸지만 옷소매가 그을릴 정도로 강한 불길이었다.

홍패는 불이 번지는 기둥 아래 술병을 던져 깨트렸다.

퍽! 소리와 함께 술이 쏟아지면서 파란 불꽃이 순식간에 객사를 휘감았다.

크게 놀란 청성파 제자들은 소리를 지르며 튀어나왔다.

그들은 객사 안에 있는 부상자들을 빼내고, 불을 끄고, 화재의 원인을 찾느라 다들 정신이 없었다.

그러나 방화범 홍패는 이미 현장을 빠져나간 뒤였다.

화재에 놀란 것은 청성파뿐만이 아니었다.

무림맹 군웅들은 마교가 다시 돌아온 것은 아닌가 하는 불안감에 우왕좌왕했고, 소림사 전체가 동요했다.

그 혼란을 틈타 장계상과 진평은 누구의 방해도 받지 않고 산에서 내려와 포구까지 갈 수 있었다.

제2장
선택의 기로

황하를 따라 흘러내려 가는 작은 배 한 척.

홍패는 죽립 쓰고 도롱이 입은 채 노를 잡았고, 진평은 선실에 누워 비를 피하며 운공요상을 했다.

가난한 어부 차림으로 갈아입어 행색은 초라하지만 진평의 마음은 편하기 이를 데 없었다.

물결에 흔들리는 배의 진동을 등으로 느끼며, 그는 차분히 운기조식을 할 수 있었다.

진원지기의 손상이 워낙 심해서 본래의 내공을 되찾는 데 걸리는 시간보다 부러진 늑골 아무는 시간이 더 짧을 것 같긴 했지만 일단 안정적인 환경에서 요상을 시작했다는 것만으로도 의미를 찾을 수 있었다.

홍패는 진평을 극진히 간호했다.

다만, 음식 솜씨가 별로라서 어죽 말고는 먹을 만한 게 없었다.

진평으로서는 입에 딱 맞는 생선찜을 해주던 설가영 생각이 간절했다. 꼼짝 않고 누워만 있는 시간이 대부분이었기에 그녀 생각을 쉽게 떨쳐내기가 어려웠다.

진평의 배가 물결 따라 동쪽으로 흘러갈 즈음.

소림사도 안정을 되찾고 있었다.

원각대사는 주변 경계를 강화하는 한편 청성파 숙소 방화에 대한 조사를 실시했다.

그러나 아무런 흔적도 찾을 수 없었고, 결국 마교 측에서 도망갈 시간을 벌기 위해 벌인 짓이라는 결론을 내릴 수밖에 없었다.

청성파 풍암도장이 진평이 사라진 사실을 언급하며 그가 불을 지르고 달아난 거라는 주장을 폈지만 누구 하나 귀를 기울이는 사람은 없었다. 오히려 근거 없는 모함으로 치부되어 청성파의 위상만 깎였을 뿐이었다.

무림맹 내에서 진평의 위상은 풍암의 생각보다 훨씬 더 뿌리가 깊었다. 특히 뇌전대원들의 반발 때문에 청성파 도사들은 뒷수습을 하느라 한동안 곤욕을 치렀다.

병력을 재편성한 원각대사는 소림승, 곤륜파, 라마승들과 함께 숭산 주변에 남아 있는 마교 잔당들을 퇴치하기 위해 나섰다.

그러나 도처에 시신만 남겨져 있을 뿐 살아 있는 마교도는 단 한 명도 찾을 수 없었다.

이틀간에 걸친 수색 끝에 적이 완전히 퇴각했다는 사실만 확인할 수 있었다.

숭양문의 거처.

장지균은 기지개를 켜며 방을 나섰다.

몸 상태가 좋아지면서 식욕이 살아나 아침 일찍 잠을 깬 것이다.

소림사의 공양 시간까지 기다릴 수가 없어 산을 내려가는데, 산문 근처에서 한 사람이 다가와 아는 체를 했다.

"오랜만이군."

장지균은 눈살을 찌푸리며 사내를 훑어보았다.

허름한 장포, 손에는 긴 대나무 가지를 들었고 백발이 어수선하게 흩어져 얼굴을 가리고 있었다.

목소리가 익숙하다는 생각에 슬쩍 허리를 숙인 장지균은 사내의 눈을 보게 되었다.

동자의 색이 옅어져 가운데 까만 동공만 보이는 괴상한 눈이었다.

"아! 천호(千戶) 어르신."

사내가 검지를 세워 입에 갖다 대자 장지균은 자신의 실수를 깨닫고 얼른 말을 바꾸었다.

"당형. 오랜만입니다."

괴이한 용모의 사내는 바로 동창의 천호 당유량이었다.

사례감 장인태감 왕진과 동창 장인태감 두용에 이어 호나관 중에서 세 번째로 지위가 높은 당유량은 장지균의 직속상관이기도 했다.

기이한 무공을 익혀 외모가 특이하게 변한 그이기에 남루한 옷을 입고 장님 행세를 하고 있는 것이었다.

당유량이 물었다.

"어디 가는 중인가?"

"산 아래 저자로 식사하러 가는 중입니다."

"그럴까. 함께 가면서 얘기하지."

당유량은 댓가지로 앞을 더듬어 맹인 흉내를 제법 그럴싸하게 냈다. 장지균은 그의 한 팔을 잡아 부축했는데, 불현듯 진기 한줄기가 몸속으로 파고드는 것을 느꼈다.

그는 흠칫 놀랐지만 저항하지 않았다.

잠시 후 당유량이 말했다.

"내상이 벌써 다 나았군."

"대환단을 먹었습니다."

"하하! 그것참 잘 된 일이야."

장지균은 어색한 미소를 지어 보였다.

당유량은 평소 윗사람들에겐 입안의 혀처럼 굴지만, 아랫사람들에겐 괴팍한 성미를 여과 없이 드러내는 성격이었다.

영약 먹은 것 때문에 트집이라도 잡히지 않을까 조심스러워지지 않을 수 없었다.

그러나 당유량은 트집을 잡지 않았다.

그는 기분이 몹시 좋은 듯했다.

장지균이 조심스럽게 물었다.

"무슨 기쁜 일이라도 있으십니까?"

"그렇다마다. 제독님께서 침이 마르도록 칭찬을 하셨어. 그뿐인 줄 아나? 왕태감님께서도 내 손을 직접 잡고 노고를 치하해주셨지."

장지균은 깜짝 놀랐다.

"왕태감님이 여기 오셨습니까?"

당유량은 고개를 끄덕였다.

"그게 아니라면 내가 왜 이따위 분장을 하고 있었겠나? 제독님은 오실 줄 알았지만, 왕태감님까지 오신 것은 의외였지. 두 분이 우리의 혁혁한 전공을 모두 다 지켜보셨단 말야. 하하하!"

장지균은 비로소 숭산 주변에 마교도들이 한 명도 보이지 않는 이유를 알 수 있었다.

교주가 부상당해서가 아니라 동창의 공격을 받았기 때문에 전원이 퇴각한 것이었다.

당유량은 신이 나서 말을 이었다.

"지켜보기만 하신 게 아냐. 왕태감님께서 직접 칼을 들고 마교 토벌에 앞장서기까지 하셨어."

장지균은 깜짝 놀랐다.

"그게 정말입니까?"

"하하! 나도 처음엔 내 눈을 믿지 못할 지경이었어. 하지만 왕태감님이 마교도의 수급을 십여 개나 취하시더라고."

"굉장하군요!"

왕진은 환관으로는 드물게 문무를 겸전한 사람이었다.

황제의 어린 시절 교사 역할을 훌륭히 수행해내어 지금까지도 황제가 그를 선생이라 부른다는 얘기는 이미 유명했다.

또한 왕진은 무공에도 뛰어난 성취를 보인 바 있었다. 그러나 권력의 핵심을 움켜쥔 사람이 직접 칼을 들고 전장에 나서는 것은 몹시 드문 일이었다.

당유량이 말했다.

"어쩌면…… 세상 모든 걸 다 가지고 나니까 조금은 무료해지셨던 것 같아. 전투가 끝나고 나선 어디 변방 오랑캐와 전쟁이라도 벌이고 싶다고 하시더군."

"예? 전쟁이요?"

"하하! 말이 그렇다는 애기지. 설마 진짜 그렇게 하시겠나? 어쨌거나 기뻐해. 왕태감님이 떠나시기 전에 네 이름을 따로 언급하고 노고를 치하하셨으니까."

장지균의 입이 쩍 벌어졌다.

왕진이 자기 이름을 기억하고 있다면 자신의 앞에는 그야말로 탄탄대로가 펼쳐진 것과 같았기 때문이다.

"감사합니다. 모두 천호님 덕분입니다."

장지균은 당유량을 대할 때 지켜야 할 최소한의 원칙을 잊지 않고 있었다. 당유량은 흐뭇한 표정으로 고개를 몇 번 끄덕인 후 말했다.

"네게 새로운 명령이 하달되었다."

"그게 무엇입니까?"

당유량은 그 섬뜩한 눈을 번뜩이며 말했다.

"진삼을 죽여라."

"예?"

"호림공 진삼 말이다. 마교 교주와 양패구상하여 극심한 내상을 입었다고 들었다. 그렇다면 거저먹기 아니겠느냐?"

"하지만 그는 종적을 감추었습니다."

"잘되었지. 소림사 안에서 죽이는 것보다 아무도 보지 않는 곳에서 처치하는 게 더 나을 테니까."

"아……!"

장지균은 잠시 혼란스러움을 느꼈다.

진평과 사이가 좋은 것은 아니었지만, 그래도 이제껏 한편이던 사람을 죽이라고 할 줄은 몰랐던 것이다.

당유량이 말했다.

"번장(番長) 여섯 명과 번자(番子) 서른 명을 내어줄 테니 최대한 빨리 일을 마무리 지어."

"지금 당장 말입니까?"

"당연하지. 시간 끌 필요 없잖아?"

"하지만……."

장지균은 입맛이 썼다.

토사구팽(兎死狗烹)이라, 토끼 사냥이 끝나면 사냥개를 삶는 게 정한 이치라고 해도 자기가 그 일을 맡기는 싫었다.

마교의 막바지 공세에 몰릴 때 자신을 구해준 사람이 진평의 명을 받은 그의 의제라는 사실도 마음의 빚으로 남아 있는 터였다.

그가 머뭇거리자 당유량의 눈빛이 사나워졌다.

"왜 그래? 설마 명령을 거역하겠다는 건가?"

"아, 아닙니다. 그럴 리가 있겠습니까. 저는 단지 진삼이 없는 지금, 뇌전대 대원들이 구심점을 잃고 혼란스러워하는 걸 보면서 제가 그들을 거두면 좋겠다는 생각을 하던 중이었습니다."

당유량이 웃었다.

"진삼이 죽고 없어야 그들이 너를 따르게 되지. 무림맹이 여러모로 어수선한 지금이 자리 비우기 가장 좋은 기회니까 산에 다시 올라갈 필요 없이 이대로 다녀와."

"그런데……."

"그런데 뭐?"

당유량의 목소리에 짜증이 섞이기 시작했다.

장지균은 조심스럽게 물었다.

"번장 여섯에 번자 서른이면 그자의 행적을 뒤쫓기에는 좀 적은 인원 아닙니까? 당두(檔頭)라도 한두 명 붙여주시면 안 되겠습니까?"

당유량은 고개를 가로저었다.

"지금 동창의 모든 인원이 마교 교주를 추적하고 있어서 더는 빼줄 수가 없어."

"마교 교주요?"

장지균은 차라리 그 일을 맡고 싶었다.

그러나 눈치를 보니 당유량이 이미 맡아놓은 것으로 보여서 끼워달라는 말을 꺼내기 어려웠다.

당유량이 말했다.

"마교 교주와 잔당이 남쪽으로 달아나는 건 확실한데 거점이 어디인지 도무지 알 수가 없어. 그 일은 내가 어떻게든 완수해낼 테니까 넌 진삼 죽이는 일에 집중해. 그것도 아주 중요한 임무야."

"그는 말을 함부로 하는 무뢰한일 뿐입니다."

당유량은 정색을 했다.

"무슨 소리를 하는 거야? 가까이에서 지냈으면서도 그의 진면목을 알아보지 못했단 말인가? 그렇다면 실망인데."

장지균의 낯빛이 살짝 상기되었다.

"진면목이라면……."

"뇌전대를 조직하고 운용한 걸 보면 그의 경륜과 지모가 어느 정도인지 알 수 있지. 게다가 그는 성왕부의 가신이야."

"예? 성왕부라고요?"

뜻밖의 얘기에 장지균은 깜짝 놀랐다.

당유량이 좌우를 살핀 후 목소리를 죽여 말했다.

"그가 마교 교주를 쓰러트린 수법이 예전에 삼태산에서 화산파 장문인을 쓰러트린 복면인의 수법과 비슷했다고 하더군. 그 두 사람은 동일인임이 분명해."

"아! 그렇군요."

"왕태감님이 성왕 전하를 얼마나 싫어하시는지는 따로 얘기하지 않아도 잘 알고 있겠지?"

"물론입니다."

왕진은 성왕이 어릴 때부터 싫어했다.

황제보다 한 살 어리지만 총명하고 야무져서 자신의 말재주가 잘 통하지 않았기 때문이다.

성왕부의 은광에 대해 특별히 조사를 한 것도 왕진의 개인 감정에서 나온 처사 중 하나였다.

당유량이 갑자기 걸음을 멈추더니 장지균의 어깨에 손을 얹고 차분히 가라앉은 어조로 말했다.

"장영반(領班)."

"예. 천호님."

"네가 나보다 무공이 고강하다는 사실은 잘 알고 있다."

"아닙니다. 저 따위가 어찌 감히……."

장지균은 손사래를 쳤다.

당유량에게서 직접 그런 얘기를 들으니 온몸에 소름이 끼쳤다.

"겸양할 필요 없어. 그런다고 해서 사실이 바뀌지는 않으니까 말야."

장지균은 긴장한 채 당유량의 다음 말을 기다렸다.

당유량은 미소 지으며 말을 이었다.

"강호에선 무공이 고강한 게 최고라고 할 수 있지. 하지만 관리의 길은 달라. 가장 중요한 건 줄이야."

"줄이라면……."

"높은 곳으로 오르려면 뭐가 필요하지?"

"그야 사다리가 있어야죠."

당유량은 검지를 세워 가로저었다.

"거기에 계단이나 사다리는 없어. 먼저 오른 사람이 따라오는 사람을 막기 위해 전부 치워버리거든."

장지균은 그럴듯한 얘기라고 생각했다.

"그럼 어떻게 올라가야 합니까?"

"바로 줄을 잡고 올라가야지."

"하지만 사다리도 치워버린 사람이 줄을 남겨둘까요?"

"성공의 누각엔 층이 아주 많지. 높은 자리에 올라서도 거기엔 늘 더 높은 칸이 있기 마련이야. 그런데 그곳에도 역시 사다리는 없거든. 결국 내가 올라서도록 등을 대어줄 누군가가 필요해. 그러기 위해서 아래 있는 사람을 줄로 끌어 올려야 하는 거지."

거기까지 들은 장지균은 평소 거만하던 당유량이 자기를 만나러 온 이유, 함께 걸으면서 길게 얘기하는 이유를 짐작할 수 있었다.

더 이상 멍청한 표정으로 듣고만 있을 수는 없었다. 상대가 끈을 살랑살랑 흔드는데, 그걸 냉큼 움켜쥐지 않는다면 기회는 다시 오지 않을 수도 있었다.

더구나, 그 상대가 당유량이라면 호의를 거절했다가 오히려 보복을 당할 가능성도 염두에 둬야 했다.

장지균은 걸음을 멈추고 진지한 어조로 말했다.

"제가 무등을 태워드리고 싶습니다."

당유량의 미소가 짙어졌다.

"무등까지는 필요 없는데."

"등이건, 어깨건, 머리건 원하는 대로 써주십시오."

"하하하……!"

당유량은 흡족한 표정으로 한참을 웃었다.

그리고 눈을 번뜩이며 말을 이었다.

"역시 얘기가 통할 줄 알았어."

"제가 여러모로 부족한 점이 많아 실망시켜 드리지나 않을까 걱정이 됩니다."

"하하! 난 널 믿어. 우선 네가 할 일은 진삼을 죽이는 거야. 나는 마교 교주를 잡고. 그러면 우리 둘의 공적을 따라올 사람이 아무도 없게 될 거야."

"기필코 임무를 완수하겠습니다."

"좋아, 좋아!"

당유량은 연신 고개를 끄덕였다.

장지균은 자신의 선택이 옳은 결과로 이어지기를 빌었다.

사실 다른 길은 없었다.

자기보다 뛰어나다고 인정한 부하가 자기를 위해 일하지 않겠다고 한다면 그 순간부터 걸림돌만 될 뿐이었다.

동창이란 조직 안에서 그것은 용납될 수 없는 일이었다.

* * *

황하를 따라 흘러내려 가던 배가 경항 대운하를 만나자 홍패는 진평에게 뜻을 물었다.

"형님. 어느 쪽으로 갈까요?"

진평은 기식을 갈무리하고 밖을 둘러본 후 대답했다.

"남쪽."

"막내를 보고 싶지 않으십니까?"

운하 남쪽으로 가면 강남이고, 북으로 가면 설가영이 있는 북경으로 갈 수 있었다. 방향을 반대로 잡으면 영영 멀어질 갈림길이라 홍패가 배를 멈추고 물어보는 것이었다.

진평은 고개를 가로저었다.

"소주로 가자."

홍패가 다시 물었다.

"정말 그래도 되겠습니까?"

"그렇대도."

진평은 눈을 감고 다시 조식에 들어갔다.

홍패는 입맛을 한 번 다신 후 삿대를 밀었다.

사실, 진평은 여기까지 오는 내내 설가영 생각을 떨쳐버리지 못했다.

그러나 이런 몸 상태로는 그녀를 만날 수 없었다.

원래 계획은 마교를 물리친 후 설가영에게 정식으로, 당당하게 교제를 청할 생각이었다.

이제 가족을 가지게 된 그녀이기에 필요하다면 매파(媒婆)라도 넣을 작정이었다.

그러나 몸이 망가지고 나니 자격지심이 생겼다.

최소한 부러진 늑골이 아물고, 용천혈의 울혈이 풀려 걷기에 지장이 없게 된 뒤에야 그녀 앞에 설 수 있을 것 같았다.

"휴우……."

진평은 고개를 좌우로 세차게 흔들었다.

계속 그녀 생각을 하는 것은 운기조식에 하등 도움이 되지 않았다. 집중할 다른 일이 필요했다.

그는 마교 교주 동악율과의 대결을 차분히 되짚어보기 시작했다. 마교가 패퇴하여 물러가긴 했지만, 따지고 보면 동악율은 누구에게도 지지 않았다.

자신이 전기를 마련하기 위해 모험을 걸기 전까지는 분명 동악율이 이기는 대결이었다. 원각대사와 장지균, 그리고 자신까지, 셋이 협공해도 그를 당해낼 수 없었던 것이다.

모험적인 시도가 성공한 이후에도 동악율의 반응은 놀라웠다. 자신의 위기를 순식간에 승리의 기회로 바꾸었다.

만약 마지막의 탄천벽이 없었다면 자신과 원각대사, 장지균은 여지없이 패했을 것이고, 소림사와 무림맹도 역사에서 사라졌을 것이었다.

라마승들이 가세했다 해도 동악율이 건재했다면 별다른 위협은 되지 못했을 게 분명했다.

진평은 자기도 모르게 한숨을 내쉬었다.

동악율의 움직임은 되짚어볼수록 인상적이었다.

간결하기 이를 데 없지만 정작 접촉이 이루어지면 천변만화하던 그 움직임.

진평은 자신과 그의 차이가 무엇이고, 어떻게 해야 그 간극을 좁힐 수 있는지에 대해 골몰하기 시작했다.

진평은 북경으로 가지 않았지만 우국강은 소림사에서 벌어진 정사대전의 결과를 보고하기 위해 장군부로 돌아갔다.

그는 아버지에게 당시의 상황을 소상하게 얘기했고, 우겸은 연신 고개를 끄덕이며 들었다.

그리고 마지막에 우겸이 물었다.

"호림공이 다쳤다고?"

"그렇습니다. 마교 교주와 양패구상했고 지금은 종적을 감춘 상태입니다."

"네게 언질을 주더냐?"

"아닙니다. 밤사이 사라져 버렸습니다."

"흐음……. 부상이 심한 모양이군."

우국강이 물었다.

"영아에게도 얘기를 해줄까요?"

"글쎄다. 공연히 걱정만 하지 않겠느냐."

우겸은 설가영에게 굳이 말할 필요가 없다고 생각했다. 그러나 우국강이 돌아왔다는 소식을 들은 설가영은 진즉 객청으로 달려와 밖에서 기다리고 있었다.

우국강이 나오자마자 그녀가 다가가 물었다.

"오라버니. 어떻게 되었나요? 사부님은 무사하신가요?"

그녀에겐 정사대전 결과보다 진평의 안위가 더 중요했다.

"그게……."

우국강은 우겸을 바라봤다.

우겸은 잠시 망설이다가 고개를 끄덕였다. 이렇게까지 알고 싶어 하는데 숨길 수는 없다고 생각한 것이다.

우국강으로부터 자세한 소식을 들은 설가영은 두 주먹을 꼭 쥔 채 안절부절못했다.

우겸이 그녀를 달랬다.

"영아야. 너무 걱정하지 말거라. 호림공이 아무에게도 알리지 않고 떠나갔다면 혼자 조용히 요상하겠다는 뜻 아니겠느냐. 곧 건강한 모습으로 돌아올 것이다."

"그, 그렇겠죠?"

"아무렴."

설가영은 별다른 반응을 보이지 않고 자신의 숙소로 돌아왔다. 그리고 옷장 깊숙이 넣어두었던 면구와 검, 남자 옷 등을 꺼내어 확인했다.

진평이 자기 앞가림을 제대로 할 거라는 데에는 의심의 여지가 없었다. 외숙부 우겸의 말처럼 아무렇지도 않은 모습으로 다시 나타날 것이었다.

그러나 설가영은 그때까지 기다릴 수 없었다. 어디를 얼마나 다쳤는지 지금 당장, 자기 눈으로 확인해야만 했다.

그래서 속으로 떠날 마음을 굳혔고, 우겸 앞에서는 그런 속내를 들키고 싶지 않아서 곧장 자기 처소로 돌아온 것이다.

여비를 챙겨 넣고 짐을 단단히 싼 설가영은 조바심을 억누르며 날이 어두워지기만을 기다렸다.

저녁 식사 시간.

우국강의 귀가를 반기는 자리였지만 설가영의 표정은 내내 밝지 않았다. 식사가 끝나자 우부인이 설가영을 처소까지 따라왔다.

"영아야. 어디 아프냐?"

"아, 아니에요."

"아니긴. 안색도 좋지 않고 저녁도 거의 먹지 않던데, 조금이라도 아프다면 얘기하거라. 병은 숨겨서 좋을 게 없어."

설가영은 나직이 한숨을 내쉬었다.

어머니를 일찍 여읜 그녀는 누가 이런 식으로 자신을 챙겨주고 아껴주는 경험을 한 일이 거의 없었다. 할아버지가 보살펴주셨지만 두 세대를 건너뛴 남자의 사랑에는 한계가 있었던 것이다.

설가영은 우부인이 혹시 자기 계획을 눈치채고 온 것은 아닌가 의심해 보았지만 그건 아닌 것 같았다. 여성이 걸릴 수 있는 질병들에 대해서만 계속 얘기를 할 뿐이었다.

"외숙모님. 저는 무공을 익혀서 병치레는 하지 않아요. 그러니 걱정하지 않으셔도 돼요."

"그러냐?"

"예. 제가 내공심법을 가르쳐 드릴게요. 꾸준히 반복하면 평생 감기 걱정하지 않으셔도 될 거예요."

"아니다. 난 됐다. 그보다…… 몸이 아픈 게 아니라면 다른 얘기를 좀 해보자꾸나. 이만하면 생각할 시간은 충분했다고 보는데…….”

설가영의 안색이 굳었다.

우부인은 성왕부의 청혼 얘기를 하는 것이었다.

“숙모님. 그건…….”

우부인의 어조가 이제까지와 달리 강경하게 변했다.

“애야. 혼사란 것은 단지 두 사람만의 일이 아니란다. 가문과 가문의 결합이라는 사실을 잊어선 안 돼.”

설가영은 할 말이 없었다.

가문의 결합.

성왕부와 장군부의 결합.

그것은 우씨 가문에 있어 천재일우의 기회일 수 있었다. 불감청이언정 고소원일 텐데, 성왕부 쪽에서 먼저 청혼을 해왔으니 그보다 더 좋을 수 없었다.

그러나 설가영이 계속 고집을 부린다면 복이 변하여 도리어 화가 될 수도 있었다.

우부인은 그런 일을 두고 볼 수 없었다.

자기 딸이었다면 진즉 결정을 내렸겠지만 설가영은 조카고, 또 남편이 얼마나 애틋하게 아끼는지 알기에 그녀 의사를 존중해서 설득하려고 애쓰는 것이었다.

설가영은 거듭 한숨을 내쉬었다.

그녀는 피가 뚝뚝 떨어지는 검으로 상대를 겨누고 목숨을 취하기 위해 싸워본 경험이 있었다. 심장에서 뿜어져 나온 피가 양쪽 관자놀이를 두드리고, 호흡은 가빠 입천장을 때리는데 상대의 움직임에서 눈을 뗄 수 없는 상황.

지금 우부인은 칼날을 번뜩이는 것도 아니고, 목숨을 취하려는 것도 아니지만 생사결의 상대보다 더한 압박감을 느끼게 만들었다.

설가영은 그녀를 이해했다.

가문의 영욕이 바뀔 수 있는 중대한 사안.

남편을 위해, 아이들의 장래를 위해, 그리고 자신을 위해 그녀는 할 수 있는 모든 일을 하는 게 당연했다.

그러나 그녀가 바라는 대로 선선히 승낙할 수는 없었다. 설가영의 마음속에는 오래전부터 한 사내가 자리 잡고 있었기 때문이다.

"숙모님. 그 얘기는 나중에 하면 안 될까요?"

"나중에 언제 말이냐?"

"그, 그러니까……."

"다 너 잘되라고 하는 일이라는 사실을 모르겠느냐? 천하에 여자가 아무리 많아도 왕비가 될 수 있는 여자는 손으로 꼽을 정도밖에 되지 않는다. 그야말로 하늘이 정하신 일이라고 봐야지. 게다가 성왕 전하는 영민하시고 문무를 겸전하신데다 나이까지 젊지 않느냐? 도대체 무엇이 문제란 말이냐?"

설가영이 작은 목소리로 말했다.

"제가 너무 부족해서 가문에 우를 끼칠 수도 있잖아요."

우부인은 고개를 가로저었다.

"그거라면 걱정 말거라. 본래 황실에서 며느릿감을 고를 때는 태조의 유훈에 따라 관리의 가문이 아닌 여염집 여인 중에서 찾는 게 전통이니까."

태조 주원장은 자기 자손들이 황권을 제대로 간수하기를 바랐다. 그래서 자기 손자에게 해를 끼칠 가능성이 있는 모두를 제거했다. 함께 나라를 세운 공신들을 전부 숙청했고, 백련교도 마교로 몰아 토벌했다.

그뿐만이 아니었다.

황후를 뽑을 때 꼭 민가에서 그 대상을 찾으라는 유훈을 내렸다. 외척의 전횡을 사전에 차단하기 위해서였다.

설가영이 우겸의 조카이긴 하지만 그 친부모는 출사한 적이 없으니 서민의 딸이라고 할 수 있었다.

"숙모님. 제발 제게 시간을 좀 더 주세요."

우부인이 고개를 모로 꼬며 물었다.

"너 혹시…… 그 호림공인가 하는 사람을 마음에 두고 있는 게냐?"

"그분은 제게 많은 은혜를 베풀어주셨어요."

"그러니 응당 네가 잘되는 것을 바라겠지."

설가영이 대답을 하지 않자 우부인은 심호흡을 한 차례 했다. 이렇게 마냥 시일을 지체해선 안 되겠다고 생각하고 확실한 언질을 받아두고자 함이었다.

"영아야."

"예. 숙모님."

"지금부터 내가 묻는 말에 솔직하게 대답해다오."

설가영은 고개를 들어 그녀를 바라보았다.

우부인이 진지한 어조로 물었다.

"너. 우리 집안을 망칠 작정이냐?"

설가영은 손사래를 쳤다.

"아뇨. 절대 그럴 리 없어요."

"그 말 믿어도 되겠지?"

"물론이에요."

"좋다. 그 말 잊지 마라."

우부인은 더 이상 할 얘기가 없다는 듯 자리에서 일어섰다. 그녀를 배웅하면서 설가영은 뭔가 무거운 짐이 어깨에 얹히는 느낌을 받았다.

우부인은 청혼을 수락하라고 요구하지는 않았다. 그러나 그 못지않게 중요한 질문에 확답을 받아냈다.

설가영 입장에선 올가미가 목에 걸리지 않도록 조심하다가 올무 안으로 발을 집어넣었다는 느낌이 들었다.

그리고 그 올무는 강력하기 이를 데 없었다.

산짐승, 들짐승들이 한번 올무에 걸리면 죽을 때까지 빠져나오지 못하듯이 자신도 발을 빼내지 못할 것만 같았다.

설가영은 긴 한숨을 내쉬었다.

그리고 준비해둔 남자 옷으로 갈아입은 후 머리를 두건으로 묶고, 등에는 짐을, 허리엔 검을 찼다.

우부인의 방문으로 마음이 무거워지긴 했지만, 진평을 찾아가겠다는 마음엔 변화가 없었던 것이다.

밤이 깊기를 기다린 설가영은 달이 구름 뒤로 숨자 조심스럽게 방문을 열고 밖으로 나갔다.

방문을 도로 닫고 마당으로 나선 그녀는 어둠 속에서 검은 그림자가 다가오는 것을 보고 소스라치게 놀랐다.

손이 검 손잡이로 가는데 그 검은 그림자가 말을 걸었다.

"지금 떠나는 게냐?"

우겸의 음성이었다.

설가영은 당황하지 않을 수 없었다.

"수, 숙부님……."

"아까 네 표정을 보고 이럴 거라 짐작했다."

설가영은 고개를 들 수 없었다.

"죄, 죄송해요."

그동안 우겸이 자기에게 해준 걸 생각하면 오로지 미안하고 송구스럽다는 생각뿐이었다.

우겸이 나직이 한숨을 내쉰 후 말했다.

"생긴 것뿐만 아니라 성격까지 네 어미를 닮았구나."

설가영은 아무 말도 하지 못했다.

눈물만 하염없이 뚝뚝 떨어졌다.

그런 그녀를 보며 우겸은 생각에 잠겼다.

자기 여동생과 달리 조카는 왕비가 될 수 있는데 그 기회를 포기한다는 사실이 너무나 아쉬웠다.

"정말 마음을 정하였느냐?"

우겸의 질문에 설가영은 고개를 끄덕였다. 입을 열면 우느라 떨리는 목소리가 나올 것 같았기 때문이다.

우겸은 한 번 더 한숨을 내쉰 후 말했다.

"가거라."

설가영은 자기가 잘못 듣지는 않았나 해서 고개를 들어 우겸을 바라보았다.

우겸은 고개를 들어 허공을 보며 말을 이었다.

"네 선택을 존중한다. 천지신명의 가호를 기원하마."

"하, 하지만 숙부님. 제가 가면 성왕부는……."

우겸은 가볍게 미소 지었다.

"그건 걱정하지 말거라. 내가 잘 말씀 드리면 성왕 전하도 결국 이해하실 게다."

성왕부와의 혼인을 몹시 중시하는 우부인과 달리, 우겸은 욕심이 없었다. 왕부와 인연을 맺지 않고도 그동안 병부시랑으로서의 입지를 충분히 다져왔고, 앞으로도 그럴 거라는 자신감이 있었기 때문이다.

그는 비단 주머니 하나를 내밀었다.

"받아라."

"이것은……."

설가영은 무게와 소리로 미루어 안에 은자가 가득 들어 있다는 사실을 알아차렸다.

자신이 떠날 것을 짐작하고 노자를 준비한 것이다.

"이, 이건 받을 수 없어요."

"무슨 소리냐? 숙부가 되어서 조카에게 용돈도 줄 수 없단 말이냐? 받아두거라."

설가영은 더 사양할 수 없었다.

"숙부님……."

"어디, 우리 조카. 얼굴이나 한 번 더 보자."

설가영은 고개를 들어 우겸을 쳐다보았다.

달이 구름 뒤에 숨어 있어 잘 보이지 않았지만, 어쩌면 그게 다행이라는 생각도 들었다.

어둠이 우겸의 눈물을 감춰주었기 때문이다.

제3장
성왕부

장군부를 나온 설가영은 가장 가까운 포구로 달려가 배편부터 알아보았다.

진평이 어디로 갈지는 알 수 없지만, 어디로 가건 소주 사해전장(四海錢莊)에 들릴 거라는 사실만큼은 짐작할 수 있었다. 방주의 상태를 서총관과 정호법이 알아야 하고, 내상을 치료하는 데 약이 필요할 수도 있기 때문이다.

항주로 가는 미곡선을 얻어 타게 된 뒤에야 그녀는 겨우 안도의 한숨을 내쉬고 자신의 옷차림과 면구 상태를 재점검했다.

배는 느렸다.

마음이 벌써 소주에 가 있는 설가영은 선주에게 따로 웃돈까지 챙겨주었다.

그러나 그녀의 기대만큼 빨라지지는 않았다.

이제껏 그녀가 타왔던 배들과 달리 바닥이 평평한 사선(沙船)이고 몹시 무거운 화물선이었기 때문이다.

설가영은 깨어 있는 내내 선수 쪽에 앉았다.

배의 앞쪽으로 간다고 해서 소주에 빨리 도착하는 것이 아니지만, 마음이 조급하다 보니 자기도 모르게 그리되는 것이었다.

배가 소주에 도착하자마자 설가영은 한달음에 사해전장으로 달려갔다.

혹시나 진평이 이미 떠나기라도 했을까 봐 걱정이 이만저만이 아니었는데, 다행히 그것은 기우였다.

후원을 지나 내실로 들어가자 서총관과 정호법, 홍패, 그리고 진평이 보였다.

"형님……!"

설가영이 면구를 벗고 달려오자 방에 있던 사람들 대부분이 그녀를 반겼다.

그러나 정작 당사자인 진평은 표정이 좋지 않았다.

"여긴 웬일이야?"

"그야 형님이 부상당하셨다는 소식을 듣고 왔죠. 몸은 좀 어떠세요?"

설가영은 진평의 손을 잡으려 했다. 그러나 진평은 손을 슬쩍 뺀 후 좀 더 딱딱한 어조로 말했다.

"내가 부를 때까지 장군부에 있으라고 했는데, 그 명령을 어겼단 말이지?"

설가영은 진평의 냉랭한 태도에 당황했다.

천 리 먼 길을 마음 졸이며 달려왔는데 명령에 따르지 않았다고 역정을 내고 있으니 야속한 마음도 들었다.

"저는 형님이 걱정돼서……."

설가영뿐만 아니라 두 사람 사이를 알고 있는 서원직과 정려군, 홍패도 당황하기는 마찬가지였다.

진평의 태도엔 변함이 없었다.

"방주의 명을 어겼으니, 그 죄는 파문에 해당한다."

설가영은 기가 막혔다.

"파, 파문이라고요?"

홍패가 얼른 나서서 상황을 무마했다.

"형님, 아니 방주님. 막내가 먼 길을 왔으니 일단 숨이나 좀 돌리게 하고 나서 천천히 얘기하시지요."

정려군은 설가영을 등 떠밀어 내보냈다. 진평이 마음을 가라앉힌 후에 다시 만나는 게 좋다고 생각한 것이다.

설가영이 나간 뒤에도 진평은 상기된 낯빛을 가라앉히지 못했다.

그 역시 설가영을 처음 본 순간 말할 수 없는 반가움을 느꼈다.

그러나 곧바로 자격지심이 그 기쁨을 모두 날려 버렸다.

기식은 이어지지 않고, 십여 군데 골절상이 아물지 않았고, 보행조차 불편하여 침상에 누워 있어야만 하는 지금의 모습을 그녀에게 보였다는 사실이 부끄러웠다. 그리고 화가 났다.

그 화를 스스로 삭이지 못하고 설가영에게 분출한 게 후회되긴 했지만 그렇다고 감정의 격랑이 쉬이 가라앉지도 않았다.

밖으로 나간 설가영 역시 흥분을 삭이지 못했다.

그녀가 외숙부, 외숙모의 마음을 아프게 하면서까지 여기 온 것은 오로지 진평을 만나야 한다는 생각 때문이었다. 그런데 한다는 소리가 파문이라니, 어이가 없고 화가 났다.

설가영은 후원에서 중정(中庭)까지를 반복해서 오가며 마음을 가라앉히기 위해 애썼다.

'내가 바보야.'

결국 그녀는 그렇게 결론을 내렸다.

이제까지 속으로 진평을 연인이라고 생각했는데, 어쩌면 그것은 자기 혼자만의 생각일 수도 있었다.

많은 시간을 함께 보내면서 수많은 감정 교류가 있었다 해도 명확하게 사랑을 고백했다거나 언약을 한 일은 없었다.

진평에게 있어서 자신은 방도 중 한 사람일 뿐이고, 방주의 명을 어겼으니 마땅히 처벌받아야 할 대상일 뿐일 수도 있었다.

생각이 거기에 미치자 스스로가 처량해져서 다리에 힘이 쭉 빠졌다. 설가영은 중정 한켠에 있는 정원석에 걸터앉았고, 한참 동안 혼자 생각에 잠겼다.

그리고 조금씩 표정에 변화가 생겼다.

'그래. 형님이 나를 다정하게 맞아주지 않았다고 해서 실망할 필요는 없어. 어쨌거나 내가 독단적으로 행동한 건 맞잖아.'

애초 이곳에 온 목적. 진평을 간호하는 데만 신경을 쓰자는 게 그녀의 생각이었다.

'잘못을 빌면 용서해주시겠지.'

정말로 파문시키지는 않을 것 같았다.

설가영은 자리에서 일어섰다.

후원으로 걸어가면서 보니 전장에서 취급하는 화물들이 여기저기에 담보다 높이 쌓여 있었다.

화가 나 있을 때는 눈에 들어오지 않던 광경이었지만, 진정되고 나서 생각하니 자기가 이곳에서 지내던 때와는 달라진 모습이었다.

지난번 은 사재기로 어마어마한 돈을 벌었다는 사실을 화물의 적재량으로 가늠할 수 있었다. 창고가 부족해서 장원에까지 물건을 쌓아두어야 할 정도라면 쓰지 않고 감추어둔 수익은 얼마나 될지 짐작조차 할 수 없을 지경이었다.

그때, 뭔가 낯선 느낌이 설가영의 감각을 자극했다.

"누구냐! 썩 나서라."

그녀가 검에 손을 얹고 장원 밖 나무를 향해 서자 잠시 후 나뭇가지가 흔들리더니 사람 한 명이 홀연히 뛰어내렸다.

설가영은 잔뜩 긴장했다.

상대의 신법이 예사롭지 않았기 때문이다.

그리고 담 위에 선 상대의 얼굴을 본 순간, 그녀는 소스라치게 놀랐다.

"다, 당신은……!"

설가영이 익히 아는 얼굴.

그는 성왕부의 무사 양우건이었다.

그가 이곳을 어떻게 알았을까 생각하던 설가영은 가슴이 철렁 내려앉았다. 바로 자기가 길 안내를 한 것이기 때문이다.

설가영은 검을 뽑아들었다.

그리고 곧장 양우건을 향해 몸을 날렸다. 자기가 잘못을 저질렀으니 자기 손으로 해결하리라 마음먹은 것이다.

그러나 양우건에게 닿기도 전에 십여 명의 사내들이 담을 넘어오더니 그녀를 순식간에 에워쌌다.

설가영은 가전의 검술로 그들을 공격했다.

십여 차례 타격음과 불꽃이 튀기는 와중에 그녀는 뭔가 이상함을 느꼈다. 죽립 무사들은 자신의 공격을 막기만 할 뿐 일절 반격하지 않았다.

설가영은 그 이유가 궁금했다.

그러나 일단은 양우건과 그 부하들을 제압하는 게 중요하기 때문에 진기를 끌어올리고 공격에 더욱 박차를 가했다.

혼원십이검의 초식들이 나오면서 죽립 무사들의 움직임에 균열이 드러났다. 하지만 그들은 즉시 검진을 발동하여 그 균열을 보완했다.

움직임으로 보아 훈련이 아주 잘 된 검진이었다.

설가영은 입술을 깨물었다.

마음은 급한데 상황은 뜻하는 대로 풀리지 않으니 답답하기 짝이 없었다.

그때, 날카로운 파공음과 함께 암기 십여 개가 죽립 무사들을 향해 날아왔다.

황급히 암기를 쳐내느라 자연스레 무사들의 검진이 흐트러질 수밖에 없었는데, 설가영은 그 기회를 이용하지 못했다.

암기 던진 사람을 알기 때문이었다.

그녀가 뒤를 돌아보니 홍패뿐만 아니라 서총관과 정호법, 그리고 진평까지 부축을 받고 서 있었다.

장원 안에서 병장기 부딪히는 소리가 나자 모두 놀라서 밖으로 나온 것이었다.

"혀, 형님……."

설가영은 진평에게 엎드려 사죄하고 싶었다.

빨리 만나고 싶다는 생각에 주의를 살피지 못해서 적을 안

방까지 인도한 셈이었다.

진평은 설가영이 아닌 양우건 쪽을 보고 있었다.

양우건 역시 진평을 봤는데, 그는 몹시 놀란 표정이었다.

진평이 먼저 입을 열었다.

"오랜만이군."

양우건이 말했다.

"여기서 너를 보게 될 줄은 몰랐다. 진삼."

진삼이란 말에 그를 따라온 십여 명의 죽립 무사들 표정이 변했다. 그리고 곧바로 진형을 펼쳤는데, 설가영을 상대하던 때와는 기세부터 달랐다.

설가영은 그들이 진평을 찾기 위해 자기를 미행했던 게 아니라는 사실을 알아차렸다.

'혹시 외숙부님이 보내셨나?'

그건 말이 안 되었다. 양우건은 성왕부의 무사니까 병부시랑의 명령을 들을 리가 없었다.

설가영은 양우건에게 물었다.

"성왕 전하가 나를 미행하라고 시켰나요?"

양우건은 설가영에게 가볍게 목례를 한 후 대답했다.

"미행이 아니라 보호하기 위함이었습니다."

"아……!"

금천원 망월정에서 만났을 때 여협객으로서 강호를 종횡한다고 자랑했었기 때문에 혹시라도 다시 장군부를 떠나 강호행을 할까 봐 성왕 주기옥이 직접 양우건에게 감시 및 보호를 부탁해두었던 것이다.

상대가 성왕부라는 사실을 알게 된 서원직과 정려군은 내공을 끌어올리고 진평의 좌우에 붙어 서서 만약의 사태에 대비했다.

무림맹에서 성왕부와 연관된 문파들이 진평에게 호의적인 태도를 보였다고는 하지만, 그것은 어디까지나 중간에 있는 사람들 얘기고 당사자인 성왕부가 진평을 어떻게 생각하는지는 알 수 없었다.

그들의 가신 중 한 명을 죽였으니 좋은 감정을 가지고 있을 리는 만무했다. 더구나 정사대전은 끝나고 진평은 부상을 당한 지금의 상황이라면 성왕부를 만나는 게 흉다길소할 가능성이 컸다.

대치 상태의 긴장감이 점점 더 고조되는 것과는 별개로, 진평과 양우건은 나름대로 재회의 감정을 나누고 있었다.

말로는 대화가 거의 없었지만 철적과 칠현금으로 수천, 수만 마디의 이야기를 나누던 사이였다.

생각 같아서는 정자에 술 한 병 갖다 놓고 마주 앉아 한 번 더 협주를 하고 싶었다.

이런 마음은 양우건 역시 진평과 크게 다르지 않았다.

그러나 죽립 무사들은 달랐다.

그들 중 한 명이 양우건에게 말했다.

"양참군(參軍)님. 명을 내려주십시오!"

진평을 노려보는 죽립 무사들의 눈빛은 험악하기 이를 데 없었다. 그들은 바로 고정광이 훈련시킨 무사들이었던 것이다.

상황이 심상치 않음을 느낀 설가영이 양우건에게 물었다.

"전하께서 나를 죽이라고 하셨나요?"

양우건은 황급히 손을 내저었다.

"당치도 않은 말씀이십니다."

"그렇다면 당신 부하들이 제게 검을 휘두른 것은 무슨 이유인지 설명해보세요."

"그들은 누군가 무기를 들고 덤비면 나서서 막도록 훈련받았기 때문에 반사적으로 그런 행동을 한 것뿐입니다. 설소저의 공격을 막기만 했을 뿐 어떠한 반격도 하지 않았다는 사실을 잊지 말아 주십시오."

양우건이 이렇게 길게 말하는 건 처음 보는 것 같았다.

왕비가 될 사람 앞이다 보니 어떠한 오해도 없도록 최선을 다해 해명하느라 그리된 것이었다.

설가영이 다시 물었다.

"그렇다면 지금 검을 겨누고 있는 이유는 뭐죠?"

"그건 설소저가 아닌 호림공을 향한 것입니다."

진평은 슬쩍 미소를 지었다.

양우건이 자신을 호림공이라 칭하니까 음률로 교류하던 친구에서 공식적으로 적이 된 듯한 느낌이 들었던 것이다.

설가영이 말했다.

“당장 포위를 풀고 왕부로 돌아가세요.”

양우건은 고개를 가로저었다.

“그건 안 됩니다.”

“왜 안 된다는 거죠?”

“설소저를 안전하게 호위하는 것과 호림공을 처리하는 것은 별개의 문제이기 때문입니다.”

설가영이 놀란 표정으로 물었다.

“처리라고요? 형님을 해칠 생각인가요?”

양우건은 잠시 생각한 후 대답했다.

“일단 왕부로 데리고 갈 생각입니다. 그 후의 처분은 전하의 뜻에 달려 있습니다.”

“그건 안 돼요!”

거기가 어디라고 진평을 데려간단 말인가.

지금도 죽립 무사들의 시선이 저렇게 흉악한데 왕부로 들어갔다가는 무사하기 어려울 게 분명했다.

양우건이 단호한 어조로 말했다.

“설소저가 결정할 문제가 아닙니다.”

죽립 무사들이 포위 진형을 좁혔고, 서원직과 정려군, 홍패도 진평을 한가운데 놓고 품(品)자 모양으로 방어진 형태를 갖추었다.

"잠깐. 멈춰요!"

설가영은 어떻게든 양측의 충돌을 막아보려 했지만 자기가 성왕비라도 되었다면 모를까, 지금으로선 할 수 있는 일이 없었다.

죽립 무사들이 시선을 교환하자 홍패의 손이 먼저 움직였다. 날카로운 파공음이 연달아 세 번 울렸고, 뒤이어 한 번의 비명이 터져 나왔다.

그것을 신호로 죽립 무사들과 본혈방도 간의 싸움이 시작되었다. 설가영도 얼른 검을 뽑아들고 싸움에 가세했다.

그러나 그녀는 곧바로 거대한 암벽 같은 기운에 가로막히고 말았다. 양우건이 앞을 막은 것이다.

"비키세요!"

"그럴 수 없습니다."

설가영은 상대가 자기를 해칠 수 없다는 사실을 알기에 방어는 무시하고 공격에만 전력을 기울였다.

그러나 양우건은 장검은 철벽과도 같았다. 설가영의 모든 공격을 와해시키면서 앞길을 완벽히 차단했다.

죽립 무사들이 설가영 혼자만 상대할 때는 방어에 집중할 수 있었지만, 다른 싸움 중에 설가영이 끼어들면 혹 실수로라도 상처를 입힐 수도 있기 때문에 싸움판과 그녀를 격리시키는 게 양우건이 해야 할 일이었다.

설가영은 정신을 가다듬고 혼원십이검의 초식들을 펼쳐냈

다. 그러나 양우건의 미간에 주름이 잡히고 움직임이 좀 더 진중해졌을 뿐 길을 내주지 않기는 마찬가지였다.

본혈방도와 죽립 무사들의 싸움도 급격하게 전개되고 있었다. 홍패는 암기와 단검, 정려군은 허리에 차고 있던 연검, 서원직은 판관필을 사용했는데 그들 중 정려군의 활약이 단연 돋보였다.

그녀의 검이 낭창거리며 바람을 가를 때마다 어김없이 비명이나 신음이 터져 나왔다.

서원직은 무공 면에서는 그녀보다 못하기 때문에 진평 옆에 바짝 붙어 방어에만 치중했고 홍패는 상대의 움직임 전체를 살피며 표창으로 접근을 차단했다.

쓰러지는 동료의 수가 늘어가자 죽립 무사들은 생포가 아닌 주살로 진평에 대한 공격 방침을 바꾸었지만 그것은 그들의 일방적인 생각이었을 뿐, 오히려 정려군의 눈부신 움직임을 따라가지 못해 쩔쩔맬 따름이었다.

그렇게 싸움이 진행되는 동안 진평은 설가영과 싸우는 양우건의 움직임을 감상하고 있었다.

전력을 다하는 모습은 아니었지만, 설가영의 실력 역시 만만치 않아서 양우건도 마냥 여유를 부릴 계제는 아니었다.

진평은 그의 드러난 동작들을 통해 성취의 깊이를 가늠할 수 있었다. 그리고 자기도 모르게 탄성을 토했다.

"굉장하군!"

일전에 고정광을 죽인 후 겨루었을 때와는 비교할 수 없을 만큼 많이 달라져 있었다.

보통 무공이란 게 초반엔 빨리 늘기도 하지만 어느 정도 수준에 달한 이후에는 성취의 속도가 느려지기 마련인데, 양우건은 뭔가에 꽉 막혀 있다가 뻥 뚫리기라도 한 것처럼 급격한 진전을 이루고 있었다.

진평의 손에 힘이 들어가고 단전에 의식이 걸렸다. 호승심을 느낀 것이다. 그러나 돌아온 것은 통증뿐이었다.

현재의 몸 상태로 대결은 꿈도 꿀 수 없었다.

그때, 죽립 무사 중 한 명이 다급한 어조로 외쳤다.

"양참군님. 도와주십시오!"

힐끔 뒤를 돌아본 양우건은 깜짝 놀랐다.

어느새 부하들 대부분이 쓰러지고 서너 명만 남은 것이다. 진평을 잡기는커녕 자기들 목숨을 걱정해야 할 판이었다.

양우건은 설가영을 버려두고 정려군을 맞아 싸웠다.

두 사람의 대결은 실로 보기 드문 명승부로 전개되었다. 정려군의 화려한 변초와 양우건의 육중한 검초가 한 치의 양보도 없이 공방을 펼쳐서 수시로 유불리가 바뀌었다.

그러나 시간이 흐르면서 정려군이 조금씩 수세에 몰리게 되었다. 그리고 한번 기울어진 승부의 추는 두 번 다시 돌이켜지지 않았다.

쨍! 소리와 함께 정려군의 연검이 끊어져 허공으로 날아올 랐고 정려군은 비틀거리며 서너 걸음 뒤로 밀리다가 설가영의 도움으로 겨우 신형을 바로 세웠다.

"호법님. 괜찮으세요?"

정려군은 한 차례 각혈을 한 후 호흡을 가다듬느라 대답을 할 여유가 없었다.

양우건의 좌우로 살아남은 네 명의 죽립 무사들이 펼쳐 섰다. 그들은 동료의 피를 봤기 때문에 처음보다 훨씬 표정이 험악해져 있었다.

본혈방 측 사람들은 안색이 굳었다.

정려군이 적들을 모두 물리치던 중이었는데 양우건이 끼어들어서 전황을 단번에 역전시켜버린 것이다.

정려군이 패한 이상 양우건을 이길 사람은 더 이상 없었다. 싸움의 승부는 이미 갈린 거나 마찬가지였다.

설가영이 나섰다.

"양소협. 내 말을 들어주세요."

"말씀하십시오."

"전하를 만나고 싶어요. 나를 성왕부로 데리고 가 주세요."

"그렇게 하겠습니다."

"단, 여기 우리 형님과 함께 갈 거예요. 그러니까 성왕 전하를 만나는 순간까지 우리 일행의 안전을 양소협이 보장해주세요."

설가영은 진평과 시선을 맞추었다.

현재 상황으로 보자면 본혈방이 멸문지화를 당해도 이상할 게 없었다. 양우건이 마음만 먹으면 정려군, 서원직, 홍패는 물론 진평까지 죽일 수 있는 것이다.

이 위기를 빠져나가려면 일단 시간을 벌고 사람들 목숨을 살리는 게 중요했다.

진평은 가만히 고개를 끄덕였다.

설가영의 뜻에 따르겠다는 의미였다.

양우건이 두 사람을 번갈아 보다가 눈을 가늘게 떴다.

여자가 남자를 자꾸만 형님이라고 부르는 이유가 무엇일까 생각하다가 일전에 진삼 곁에 붙어 다니던 사내를 떠올리게 된 것이다.

장군부에서 추격할 때도 남자로 변장하는 모습을 봤는데, 그 당시에도 남장을 했다면 동일인일 수 있었다.

그렇다면 설가영은 고정광 살해의 공범인 것이다.

그러나 그는 곧 고개를 흔들었다.

고정광의 죽음에 대해서, 그는 아무런 감정이 없었다.

평소 그의 잔인한 손속을 못마땅하게 여기던 터라 그런 최후를 맞은 게 응보라는 정도의 느낌이었다.

고정광이 훈련시킨 죽립 무사들과는 생각이 달랐다.

죽립 무사 중 한 명이 말했다.

"양참군님 먼저 가십시오. 저자는 우리가 호송해 가겠습니다."

보복할 기회를 달라는 의미였다.

양우건이 말했다.

"모두 한 배를 타고 간다."

죽립 무사가 볼멘소리를 했다.

"저자는 우리의 원수입니다."

고정광뿐만 아니라 함께 온 동료들의 주검이 지금 사방에 널려 있었다.

그러나 양우건의 뜻은 단호했다.

"여러 소리 할 것 없다. 모든 결정은 전하가 내리실 것이다. 당장 철수한다."

죽립 무사들은 그의 명령에 따를 수밖에 없었다.

* * *

산동으로 향해 가는 배에는 진평과 설가영, 홍패가 탔다.

설가영은 선실 밖으로 나가지 않고 진평 곁을 지켰다. 양우건이 지시를 했지만 혹시라도 성왕부 무사들이 해코지를 할까 봐 마음을 놓지 못하는 것이었다. 홍패는 그들이 주는 음식과 술을 먼저 먹어본 후에야 진평에게 주었다.

진평은 종일 누워 운공요상에 집중했다.

범의 굴로 끌려 들어가는 지금, 믿을 수 있는 유일한 구원의 길은 자기가 본래의 힘을 되찾는 것이었다.

성왕부에 도착하기 전에 몸이 정상으로 돌아올 가능성은 없지만, 그래도 할 수 있는 최선을 다해보는 수밖에는 없었다.

그런데 온종일 설가영과 함께 있는 게 운공요상보다 더 고역이었다. 안 좋은 감정을 폭발시킨 이후에 서로 한마디도 대화를 나누지 않은 상태라 분위기가 영 어색했다.

진평은 그녀에게 사과하고 싶었다. 화를 낸 건 분명히 자신의 잘못이었고, 계속 후회가 남는 일이었다.

하지만 차마 입이 떨어지지 않았다. 자존심 때문이라기보단 그런 식의 얘기를 하는 데 서툴기 때문이라고 할 수 있었다.

설가영도 말하고 싶은 게 많았지만 먼저 입을 열 수 없었다. 파문까지 언급했던 진평이 먼저 풀어줘야 한다는 게 그녀의 생각이었다.

어색한 침묵이 이어지던 어느 날 점심시간.

사발에 얼굴을 박고 게걸스럽게 먹어대던 홍패가 고개를 들었는데 그의 양쪽 뺨에 온통 밥알이 묻어 있었다.

그걸 본 설가영이 갑자기 웃음을 터뜨렸다.

그러자 진평도 큰 소리로 웃기 시작했다.

홍패는 어리둥절한 표정으로 두 사람을 번갈아 보았다. 손으로 뺨을 쓸어보니 밥알이 몇 개 묻어나왔는데, 그게 그렇게나 우스운 일인지 이해가 되지 않았다.

설가영과 진평의 웃음소리는 좀처럼 끊이지 않았다.

그것은 홍패 때문이 아니었다.

어색하게 군 이제까지의 행동에 대해 웃는 것이었다.

밥알은 그 첫 웃음을 이끌어내는 역할만 했을 뿐이었다. 눈치 빠른 홍패는 밥이 부족하다며 일어서서 밖으로 나갔다.

둘 만의 시간을 주기 위해서였다.

한참을 웃은 진평과 설가영 사이엔 다시 침묵이 흘렀다. 그러나 이번엔 표정도 많이 풀렸고, 침묵의 시간도 길에 이어지지 않았다.

"미안해."

짧은 한마디였지만 설가영의 얼굴 가득 미소가 번지기에 충분했다.

"다음에 또 파문이니 뭐니 하는 소리 했다가는 가만두지 않을 테니까 알아서 하세요."

설가영이 주먹을 움켜쥐고 을러대자 진평은 손사래를 치며 엄살을 부렸다.

"조심해. 난 환자라고. 조금 전 웃는 데도 뼈가 울려서 얼마나 아팠는지 몰라."

이제 아프다는 사실을 애기해도 아무렇지 않았다.

설가영이 눈을 반짝이며 물었다.

"도대체 소림사에서 무슨 일이 있었던 거예요?"

진평은 정사대전의 과정을 자세히 애기해주었고 설가영은 주먹을 쥐었다 폈다 하며 흥미진진하게 들었다.

"정말 굉장하군요. 그 마교 교주라는 사람은……."

진평은 고개를 끄덕였다.
그리고 잠시 사이를 두고 물었다.
"성왕을 만나겠다는 게 무슨 뜻이지?"
설가영은 망월정에서 만난 소년을 골려주었는데 알고 봤더니 그가 바로 성왕이었다는 얘기를 모두 해주었다.
"하하……! 그것참 일이 묘하게 꼬였군."
설가영은 잠깐 망설이다가 그가 청혼한 얘기도 꺼냈다.
진평은 웃을 수가 없었다. 여염집으로 시집가는 게 아니라 왕비가 되는 일이었기 때문이다.
"그래서 뭐라고 했지?"
"걱정 마세요. 거절했으니까요."
설가영은 혀를 날름 내밀었다.
"거절했다면 양우건이 따라붙을 이유도 없잖아?"
"그건…… 그러니까 외숙부님 입장도 있고 하니 즉답을 하지 않고 대답을 미뤘어요. 그쯤 되면 성왕부에서도 눈치를 챘겠죠."
"아무래도 그럴 것 같진 않은데."
설가영은 입술을 샐쭉거린 후 말했다.
"일단 지금은 시간이 필요하니까 성왕부에 들어가서 제가 시간을 끌게요. 그 사이 형님이 요상을 마치고 절 구해주시면 되잖아요."
진평은 가볍게 미소만 지었을 뿐 대답하지 않았다.

그렇게 쉽게 풀릴 수 있는 일이 아니었다.

그리고 설가영이 왕비가 될 수도 있다는데 그걸 과연 막아야 하는가, 의구심도 일었다.

진평은 심호흡을 한 차례 한 후 말했다.

"운기조식을 좀 해야겠어."

"그러세요. 제가 지켜드릴게요."

진평은 자세를 바로 하고 눈을 감았다.

만사를 잊고 운공요상에 매진해야 할 때이지만, 신경 쓰이는 일들이 많아 제대로 집중하기가 어려웠다.

배는 운하를 벗어나 지류를 타고 산동 땅으로 들어선 지 이틀 만에 어느 포구에 정박했다.

그곳엔 이미 두 대의 마차가 마중을 나와 있었다.

설가영은 진평과 같은 마차를 타겠다고 했지만 양우건은 허락하지 않았다. 선실이 하나뿐이던 배에선 어쩔 수 없었다 해도, 땅에 내린 이상 왕비가 될지도 모르는 여인을 남자와 한 마차에 태울 수는 없었던 것이다.

결국 설가영 대신 홍패가 진평 곁을 지키기로 했고 두 대의 마차는 즉시 포구를 벗어나 왕성으로 달렸다.

성왕부.

명태조 주원장은 공신들뿐만 아니라 황족도 세력이 커지면 황권에 해가 될 수 있다고 생각하여 친왕이 군대를 기르고 성을 높이 쌓는 일을 엄히 금지했다.

그렇다고 해도 성왕부의 담은 웬만한 국경의 성 못지않게 높았고 병사의 수도 상당히 많았다.

좁은 창을 통해 밖을 보면서 진평은 자기도 모르게 한 차례 심호흡을 했다. 이제 성왕을 만나면 자신의 생사가 결정될 거라 생각하니 긴장이 되는 게 사실이었다.

왕성으로 들어선 마차는 담을 따라 한참을 빙빙 돌다가 조용한 별채에 멈추었다.

마차에서 내린 진평과 홍패는 별채까지 걸어 들어가는 동안 좌우에 늘어선 병사들의 기도에 놀라지 않을 수 없었다.

병졸 한 명 한 명이 모두 무공을 익힌 게 분명했다.

보유할 수 있는 사병(私兵)의 수에 한계가 있다 보니 그 개개인의 수준을 높이는 방법을 택한 모양이었다.

무림맹 뇌전대와 비교할 정도는 아니지만, 그래도 일반 병사치고는 대단한 수준이라고 할 수 있었다.

상방으로 들어가기 직전엔 몸수색을 했다.

홍패는 몸 안에 감추고 있는 게 워낙 많아서 끝까지 버텼지만 성왕부 병사들이 더 집요했다.

결국 표창은 물론 침으로 된 암기까지 전부 풀어놓은 후에야 진평을 부축하고 안으로 들어갈 수 있었다.

상방의 가재도구들은 화려하기보다는 품위가 있는 물건들로 갖춰져 있었다.

기다리는 사이 시비(侍婢) 두 명이 와서 차를 따르고 갈아입을 옷을 내왔다.

평소 같았으면 아리따운 그녀들의 손목을 잡거나 말이라도 걸어볼 홍패였지만 진평과 자신의 운명이 결정될 순간이 코앞에 닥치다 보니 다른 쪽으로는 정신을 팔 수 없었다.

반 시진을 기다려도 아무 기별이 없자 홍패가 말했다.

"형님. 들어오면서 길을 봐두었는데, 지금이라도 탈출하는 게 어떻겠습니까? 제가 형님을 업고 가겠습니다."

진평은 고개를 가로저었다.

"막내가 있잖아. 여자 하나를 볼모로 남겨두고 남자 둘이 달아난다는 건 말이 안 되지."

"그런가요? 히히!"

"그리고……. 이왕 여기까지 왔으니까 성왕을 한번 만나보는 것도 좋을 것 같다는 생각이 들어."

"알겠습니다. 장차 일이 어떻게 돌아가건 전 반드시 형님 곁에 있겠습니다."

진평은 홍패를 보았다.

문제가 생기면 너라도 빠져나가 목숨을 구하라고 얘기하고 싶었지만 말을 들을 것 같지 않은 표정이라 그만두었다.

한 시진 정도가 더 지나자 병사들이 성왕의 방문을 알렸다.

진평과 홍패는 객청 밖으로 나가 무릎을 꿇고 그를 기다렸다. 평민으로서 황족을 접견함에 있어 기본적인 예의였다.

호위병들의 요란한 발걸음 소리와 함께 마침내 성왕이 모습을 나타냈다. 황여방과 양우건이 그의 좌우를 호위하고 있었다.

진평과 홍패는 천세를 부르고 부복하였다.

자리를 정하여 앉은 후 성왕이 말했다.

"진삼은 고개를 들라."

진평이 자세를 바로 했다.

성왕은 한참 동안 진평을 훑어보았다.

진평 역시 슬쩍슬쩍 그를 살펴보았다.

체격은 큰 데 반해 얼굴엔 아직 소년티가 남아 있었다. 어린 나이임에도 불구하고 위엄이 절로 드러나는 모습이 무엇보다 인상적이었다.

성왕이 물었다.

"그대가 소림사에서 마교 교주를 쓰러트렸다고 들었다. 그게 사실인가?"

"저 혼자 한 일이 아니었습니다."

"그래도 결정적인 일격을 가한 것은 그대였다고 하던데."

"상대를 제압하지 못하고 중상을 입었으니 자랑스러운 일은 되지 못합니다."

"흐음……."

성왕은 손으로 턱을 어루만지며 진평을 바라보다가 다시 물었다.

"그대가 내 가신을 죽였다고 하던데, 사실인가?"

"그렇습니다."

솔직한 대답에 장내가 약간 술렁거렸다.

성왕이 격노한 어조로 말했다.

"그것은 참형에 해당하는 중죄다! 내가 너를 지금 죽인다고 해도 불만은 없겠지?"

홍패는 침을 꿀꺽 삼키며 진평을 쳐다봤다.

진평은 눈썹 하나 까딱하지 않고 말했다.

"뜻대로 하십시오."

성왕이 흥미롭다는 표정을 지었다.

그리고 잠시 사이를 두고 물었다.

"양주 염상은 모두가 바라는 자리인데, 상인이라는 사람이 그걸 포기하면서까지 내 가신을 죽였다면 뭔가 이유가 있을 터. 그 이유를 네 입으로 직접 말해 보거라."

진평은 담담하게 얘기했다.

"그자는 살인멸구하기 위해 제 바둑 친구를 죽였습니다. 그를 위해 복수를 한 것뿐입니다."

"바둑 친구라는 사람이 설무경인가?"

"그렇습니다."

"피붙이도 아닌 노인의 복수가 양주 염상보다 중했더란 말이냐?"

"그렇습니다."

성왕은 천천히 고개를 끄덕였다. 말을 하지는 않았지만 마음에 든다는 표정을 숨기지 못했다.

그가 손짓을 했다.

그러자 별채에 들어와 있던 병사들이 모두 나가고 성왕 좌우의 황여방과 양우건만 남았다.

성왕이 다시 진평에게 물었다.

"그 설노인의 손녀와는 어떤 사이인가?"

진평은 당황했다.

그런 얘기를 직접 물어볼 줄은 몰랐던 것이다.

성왕은 이미 설가영에게 마음을 완전히 빼앗긴 상태였다. 양우건의 보고만으로는 만족할 수 없었다. 진평과 설가영의 사이에 대해 확실한 대답을 직접 듣고 싶었다.

"그녀는 제 방회의 방도입니다."

"방주와 방도 사이란 말이지?"

"그렇습니다."

"혹시 연인 관계는 아닌가?"

진평은 즉답을 하지 않았다.

홍패가 살짝 고개를 들어 성왕과 진평의 표정을 번갈아 살펴보았다. 이제까지 성왕의 말투와 태도를 보면 진평을 죽일 생각은 없는 것 같았다. 하지만 마지막으로 한 질문이 가장 위험했다.

두 사람 사이를 이실직고했다가는 말 한마디로 진평의 목을 벨 수 있었다. 진기를 운용할 수 없는 지금의 진평은 보통 남자, 그것도 골절상이 다 낫지 않은 환자에 불과했다.

암기를 전부 빼앗긴 자신이 아무리 애를 써도 그를 구해 성왕부를 빠져나가는 건 불가능했다.

더구나 성왕 옆엔 양우건이 버티고 있었다.

홍패는 속으로 빌고 또 빌었다.

'형님. 제발 아무 사이도 아니라고 말씀하십시오. 진실은 나중에 형님 몸이 다 나은 후에 밝혀도 됩니다.'

진평이 입을 열었다.

"연인 관계는 아닙니다."

성왕의 얼굴에 안도하는 표정이 드러났다.

그때 진평이 덧붙여 말했다.

"지금까지는 그랬지만, 장차 연인 관계로 발전시켜 나갈 생각입니다."

순간, 성왕이 얼굴이 벌겋게 상기되었다.

배석한 황여방과 양우건도 당황한 표정을 감추지 못했다.

성왕이 물었다.

"내가 그녀에게 청혼했다는 사실을 모르느냐?"

"들었습니다."

성왕의 목소리가 더 커졌다.

"그런데도 감히 그런 망발을 지껄이다니! 지금 친왕의 약혼녀를 꾀어내겠다는 게냐?"

"그녀는 아직 청혼을 수락하지 않았다고 들었습니다. 그런데 누가 누구를 꾀어낸다는 말입니까? 그건 제가 할 말일 수도 있습니다."

성왕은 어이없다는 표정으로 진평을 노려보다가 갑자기 웃음을 터뜨렸다.

"하하하……! 기가 막히는구나. 내 가신을 죽이고도 반성하는 기색이 없더니, 이젠 고개를 빳빳이 들고 연적이 되겠다고 선포하다니."

사실 진평도 자신의 행동에 놀라고 있었다.

그러나 성왕 앞에서 아무 관계도 아니라고 말하는 순간 설가영을 영원히 잃어버리게 될 거라는 데 생각이 미치자 앞뒤 잴 겨를이 없었다. 이곳에서 죽는 한이 있더라도 그녀를 포기하지는 못한다는 게 그가 내린 결론이었다.

성왕은 자리에서 벌떡 일어나 황여방이 차고 있던 검을 뽑아들었다.

그리고 성큼성큼 다가와 진평의 목에 검을 갖다 댔다.

"다시 한 번 묻겠다. 네가 정녕 내 정혼녀를 빼앗아 갈 생각이냐?"

진평은 목에 닿은 차가운 감촉에 등골이 서늘해지는 것을 느꼈다. 그러나 표정엔 변화가 없었다.

"정혼녀란 말은 가당치 않습니다. 어쨌거나 필요하다면 그렇게 할 것입니다."

"뭐라고!"

성왕은 흥분한 상태였다.

거기에 기름을 붓는 발언을 했으니 그것은 죽음을 자초한 거나 마찬가지였다.

성왕의 팔꿈치가 뒤로 구부러졌다. 그걸 앞으로 뻗기만 하면 진평은 목숨을 잃게 되는 것이었다.

그런데 성왕의 팔이 멈추었다.

양우건이 다가와 그의 팔을 잡았기 때문이다.

성왕이 놀란 눈으로 돌아보자 양우건이 말했다.

"전하. 흥분을 가라앉히고 차분히 생각해보십시오. 곧고 바른 나무는 구하기 어려운 법입니다."

양우건은 어렸을 때부터 자신을 호위하던 성왕부 최고의 고수였다. 그렇게 오랜 세월을 함께 했는데도 그가 입을 여는 모습은 거의 본 일이 없는 터라 의외로 여겨져서 주의를 환기할 수 있었다.

그리고 발언을 되새겨 보니 맞는 말이었다.

성왕은 팔의 힘을 뺐다.

그는 한 차례 심호흡을 한 후 자리로 돌아가 검을 황여방에게 돌려주었다.

그리고 진평을 노려보았다.

진평의 얼굴엔 어떠한 감정도 드러나 있지 않았다.

죽음을 두려워하는 것 같지도 않았고, 살아났다는 사실에 대해 안도감을 느끼는 모습도 찾아볼 수 없었다. 그저 당당하게 할 말을 다 하고 처분을 기다릴 뿐이었다.

성왕은 긴 한숨을 내쉬었다.

그리고 가라앉은 어조로 말했다.

"방금 일은 과인이 심했소."

진평은 성왕을 다시 보게 되었다.

질투라는 강력한 감정의 동요를 이렇듯 쉽게 접는 것은 아무나 할 수 있는 일이 아니었다. 특히나 성왕의 나이를 생각하면 대단하다 아니할 수 없었다.

성왕이 진평에게 물었다.

"그대의 자가 무엇이오?"

진평은 당황했다.

자는 점잖은 사람들끼리 부르는 이름이었다. 자를 알고자 하는 것은 죽이려는 생각을 접은 것을 넘어서서 친해지자는 의미를 담고 있었다.

"저는 서민이라 자가 없습니다."

"그럼 지금 하나 만드시오."

진평은 잠시 생각한 후 말했다.

"평자를 쓰겠습니다."

가명 진삼의 자로 본명을 쓰는 셈이었다. 성왕에게라면 그 이름으로 불리는 것도 나쁘지 않을 것 같았다.

"좋소. 진평. 이리 와서 자리에 앉으시오."

"제가 어찌 감히……."

"나는 본래 사람을 사귐에 있어 지위고하를 따지지 않습니다. 듣자하니 내상이 깊다고 하는데, 그렇더라도 술 한 잔은 할 수 있겠지요?"

진평은 더 이상 사양하지 않았다.

"어주라면 감사히 받겠습니다."

"하하! 역시 호탕하군요."

검을 목에 겨누고 죽이니 살리니 하던 살풍경이 금세 화기애애하게 바뀌었다.

홍패는 밖으로 나가 기다리도록 하고 성왕은 거푸 석 잔의 술을 내렸는데, 진평은 그것들을 모두 마셨다.

목으로 넘긴 이후까지 향기가 은은하게 남는 미주였다.

성왕이 말했다.

"몸이 모두 나을 때까지 이곳에 머무르시오. 필요한 약재는 말만 하면 모두 가져다주겠소."

왕부라면 운공요상하기에 더 안전한 장소는 찾기 어려울 것이었다. 하지만 세상에 공짜는 없는 법.

"제가 왕부의 가신이 되기를 원하십니까?"

성왕이 미소 지으며 고개를 끄덕였다.

"그리해주었으면 좋겠소."

진평은 바로 고개를 가로저었다.

"그리할 수 없습니다. 제겐 저의 일이 있습니다."

성왕의 미간이 찌푸려졌다.

왕부로 초빙한다는데 싫다고 하는 사람은 진평이 처음이었다. 가신을 죽인 일도 눈감아주고, 자기가 연모하는 여인을 두고 공개적으로 연적 선언을 한 것도 넘어가 주었는데, 좀 심하다는 생각이 들었다.

'뭐 이런 자가 다 있단 말인가.'

성왕은 심호흡을 했다.

마음 같아선 당장 내쳐서 하옥시키고 싶었지만, 조금 전 검까지 뽑아들었다가 거두었는데 이제 와서 감옥에 가두는 건 모양이 나지 않았다.

사람이란 너나할 것 없이 부귀공명(富貴功名)을 탐하기 마련이었다.

그중에서도 으뜸은 부이기에 첫머리에 꼽는 것이다.

그런데 진평은 양주 염상 자리를 초개처럼 내팽개친 사람이었다. 부로 유혹할 수 없는 사람이 신분이나 명예의 유혹에 넘어올 리 없었다.

거기에 생각이 미치자 성왕은 강한 흥미와 함께 묘한 호승심을 느끼게 되었다.

'계명구도(鷄鳴狗盜)라 하지 않았는가. 이런 사람 하나쯤 내 곁에 두지 못한다면 어찌 인재를 아낀다고 말할 수 있겠는가.'

결론을 내린 성왕은 미소와 함께 말했다.

"가신이 되지 않아도 좋소. 몸이 완전히 나을 때까지 마음 편히 머무시오."

진평의 눈빛이 이채를 띠었다.

이만한 배포와 인품을 가진 사람이 세상에 있다는 것은 진평으로서도 몹시 흥미로운 일이었다.

그는 고개를 숙였다.

"성은에 감사합니다."

그리고 곧바로 덧붙여서 물었다.

"설소저는 어찌할 생각이십니까?"

성왕이 대답했다.

"어느 꽃에 앉을지 나비가 정하도록 합시다."

진평의 입가에 미소가 번졌다.

그거야말로 가장 공정한 처사라고 할 수 있었다.

제4장
옛 인연

설가영은 안절부절못하고 방 안을 배회했다.

포구에서 마차를 나누어 탄 이후로 이제까지 진평도, 양우건도, 성왕도 만나지 못했기 때문에 궁금하고 불안하기 짝이 없었다.

원래 계획은 몰살의 위기에서 벗어나 성왕부로 오고 자기가 성왕에게 잘 얘기해서 진평을 살려주도록 한다는 것이었는데, 전부 다 틀어져 버리고 말았다.

그녀가 인내력의 한계에 도달해 밖의 경비병들을 때려눕히고 진평을 찾아 나서야겠다고 결심할 즈음이 되어서야 밖이 소란스러워지면서 내관이 성왕의 방문을 알렸다.

설가영은 무릎 꿇고 고개를 숙인 채 그를 맞았다.

성왕은 근엄한 표정으로 들어섰지만 그녀를 보는 순간 웃음이 터져 나오려고 하는 바람에 헛기침을 몇 번이나 해야만 했다.

"전하를 뵈옵니다."

설가영이 절을 하자 성왕은 병사와 가신들을 전부 다 내보냈다. 마지막으로 남은 두 사람 황여방과 양우건까지 등을 떠밀어 내보낸 뒤, 방에 단둘만 남자 그가 설가영에게 말했다.

"편히 앉으세요. 누님."

"전하!"

설가영은 머리를 조아렸다.

"제가 지난번에는 몰라 뵙고 죽을죄를 지었습니다."

"어! 이러시면 섭섭합니다. 남아일언중천금이라고 했는데, 한 번 누님이라 부른 이상 어찌 호칭을 바꿀 수 있겠습니까."

설가영은 그가 자기를 놀린다고 생각했다.

"용서해주십시오."

그저 비는 것 말고는 달리 할 수 있는 일이 없었다.

그러나 성왕은 진지했다.

"괜히 하는 얘기가 아닙니다. 이제까지 살아오면서 망월정에서 누님과 함께 보낸 시간보다 즐거웠던 때가 없었습니다. 우리 둘만 있을 때는 그때처럼 지내고 싶습니다."

설가영은 살짝 고개를 들어 성왕을 바라보았다. 금포를 입고 관을 썼지만 얼굴엔 아이 같은 장난기가 아직 남아 있었다.

"하지만 제가 전하의 신분을 아는데 어찌……."

"단둘이 있을 때만 그러는데 누가 알겠습니까."

"그래도……."

"만약 그렇게 해주지 않으시면 제가 화를 낼 겁니다. 아주 많이요. 누님 주변 사람들이 그런 상황을 몹시 싫어할지도 모릅니다."

설가영은 침을 꿀꺽 삼켰다.

상대는 친왕. 황상의 친동생이었다.

비록 환관 왕진의 견제로 활동에 제약을 받고 있다고는 하지만 절대 무시할 수 없는 권력자였다.

게다가 자기는 진평에 대한 용서를 빌 처지인데 그의 비위를 거슬러서 좋을 일이 없었다.

"조, 좋습니다."

"영누님."

"그, 그래. 옥아우."

"하하하……!"

성왕은 고개를 젖히며 큰 소리로 웃었다.

그의 웃음이 그치기를 기다려 설가영이 조심스럽게 물었다.

"저 근데, 내 일행은 어떻게 되었지?"

"아! 진평 말입니까? 몸이 완전히 나을 때까지 별채에 머무르기로 했습니다. 필요한 약은 모두 대주기로 했고요."

"정말? 아! 잘됐다. 잘됐어."

설가영은 몹시 좋아했다.

눈가에 살짝 눈물까지 맺히는 그녀를 보며 성왕은 진평이 검 앞에서도 눈 하나 깜빡이지 않고 경쟁을 선포했다는 사실은 말하지 않기로 했다.

이제 경쟁하는 사이인데, 굳이 그녀에게 진평의 인상에만 득이 될 정보를 알려줘서 좋을 일이 없는 것이다.

성왕이 말했다.

"누님. 우리 망월정에서 했던 거 한 번 더 합시다."

설가영은 손사래를 쳤다.

"안 돼. 너를 다치게 할 수는 없어."

"무슨 소리 하시는 겁니까? 누님이 두보의 시를 낭송하는 걸 듣고 싶다는 뜻인데."

"아! 그, 그거?"

진설가영은 진평이 안전하다는 말에 기분이 좋아져서 성왕과 스스럼없이 시와 고문(古文)에 대해 담소를 나누었다.

날이 어두워지자 성왕은 자리에서 일어섰다.

"이제 가봐야겠군요."

"왜 벌써?"

"아녀자 혼자 머무는 곳에 야심한 시각까지 있는 것은 공정한 대결이라고 할 수 없습니다."

"대결? 무슨 대결?"

"그런 게 있습니다. 자! 지금부터 오누이 아닙니다."

설가영은 얼른 바닥에 무릎을 꿇었고 성왕의 부름에 병사들이 마당으로 들어섰다.

설가영은 사시(巳時)와 신시(申時), 각각 반 시진씩 진평이 머무는 별채를 방문할 수 있었다.

그리고 거기서 성왕과 진평 사이에 있었던 일들을 모두 들을 수 있었다.

"호호! 갑자기 기분이 좋아지네요. 두 남자가 나를 두고 경쟁이라니. 형님! 뭔가 점수 딸 만한 걸 제안해 보세요."

진평이 미소 지으며 말했다.

"네가 만든 생선찜 먹고 싶어."

설가영은 살짝 토라진 시늉을 했다.

"날 하녀 부리듯 하면 어떻게 경쟁에서 이기겠어요?"

옆에서 홍패가 말했다.

"우리 막내 좋겠네. 잘되면 왕비고, 못 되어도 방주님의 아내니까. 히히!"

진평이 정정해주었다.

"잘된 쪽이 방주의 아내 아닌가?"

홍패는 키득거렸다.

"아무리 형님이라고 해도 그 말씀엔 동의 못하겠습니다요. 흐흐흐……."

설가영이 여전히 토라진 표정으로 말했다.

"전하는 청혼을 해왔는데, 형님은 청혼은커녕 마음을 고백하지도 않으셨잖아요. 그런데 제가 뭘 믿고 형님을 택해야 할까요."

"그걸 꼭 말로 해야 하나?"

"당연하죠."

"전하 앞에서 말했으니까 한 걸로 치자고."

설가영은 왼손을 허리에 얹고 오른손을 내밀어 검지를 가로저으며 말했다.

"그건 안 돼요. 꼭 제 앞에서 말해야 해요."

"아! 기혈이……."

진평이 신음을 토하자 설가영과 홍패가 동시에 깜짝 놀랐다.

"형님!"

"괜찮으세요?"

"아무래도 다시 조식을 해야 할 것 같아. 이만 돌아가 줘."

설가영은 손가락으로 진평의 부러졌던 늑골을 꾹 눌렀다.

"곤란해지니까 나 내쫓으려고 엄살 부리는 거죠?"

"아야! 다시 부러졌다."

"거짓말 말아요."

설가영이 주먹 쥐는 것을 보고 홍패가 얼른 그녀를 내쫓았다. 어차피 면회 시간이 다 되었기 때문에 설가영은 자기 처소로 돌아와 책을 읽었다.
성왕은 이 상황을 진짜 대결이라고 생각하는 듯했다.
그래서 그녀를 찾아와서는 정확하게 진평과 지내는 시간만큼만 함께 있다가 돌아갔다.
내용으로 보자면 성왕과 지내는 시간이 더 알찼다.
향기로운 차와 과자를 탁자에 놓고 시와 경서, 역사 등 다양한 부문에 걸쳐 담소를 나누었다.
설가영은 성왕의 독서량이 대단하다는 걸 인정하고 자신도 지지 않기 위해 짬짬이 책을 읽었다.
사실 성왕에겐 미안한 애기지만 그가 남자로 보이지는 않았다. 덩치만 큰 남동생. 딱 그런 정도의 느낌이었다.
그러나 만나는 횟수가 차츰 늘어나면서 그의 진지한 태도, 배려심, 인품 등이 참 대단하다는 생각은 하게 되었다.

진평의 부상은 많은 차도를 보였다.
원하는 약을 모두 다 구해주겠다는 성왕의 장담은 빈말이 아니어서 진평은 필요한 모든 약재를 구할 수 있었다.
덕분에 외상은 완쾌되고 보행에도 지장이 없게 되었다.
만신창이가 되었던 진원지기도 조금씩 자리를 잡아갔다.
문제는 다른 데 있었다.
마교 교주 동악율의 그림자가 그를 압박하는 것이었다.
몸이 완전히 낫고 나면 필경 그와 다시 한 번 대결을 벌여야 했다.

그러나 이번엔 써먹을 만한 수가 없었다. 동악율 정도 되는 고수가 같은 수법에 두 번 당할 리는 없었다.

그를 이기려면 뭔가 획기적인 진전이 필요한데, 그게 없었다.

진평은 한번 해보자! 라는 자신감에 잔뜩 의욕을 불태우다가도 동악율의 움직임을 떠올린 후엔 한없는 자괴감에 빠지곤 했다.

그런 그의 심정과는 별개로 성왕의 대접은 각별했다.

커다란 단지를 여러 개 구해 와서 거기에 약물을 가득 채워 몸을 담글 수 있게 해주었고 땔감과 인부, 약동(藥童)까지 따로 배정해주었다.

매 끼니 나오는 식사도 계속해서 재료가 바뀌는 산해진미라 설가영의 생선찜 생각이 나지 않을 정도였다.

홍패가 말했다.

"형님. 절대 전하의 가신이 되지 마십시오."

"그건 왜?"

"어떻게든 마음을 돌이키기 위해 비단옷도 지어주고 진미도 먹이는 건데, 수락해버리면 당장 원래대로 돌아가지 않겠습니다."

"걱정 마. 본혈방이 성왕부에 예속되는 일은 없을 테니까."

"히히! 맞습니다."

말은 그렇게 했지만 성왕의 환대가 어느 정도 부담스러운 것도 사실이었다.

하지만 진평은 언제고 보답할 일이 있을 거라 생각하고 성왕의 성의를 거절하지 않았다.

매일 두 차례 찾아오는 설가영과 세 차례의 식사, 네 차례의 간식 이외에도 진평에겐 또 하나의 즐거움이 있었다.

그것은 양우건의 방문이었다.

첫 방문은 어색했다.

"필요한 건 없나?"

객청에 마주 앉아 차를 마시기까지 양우건이 한 말은 그것뿐이었다.

진평은 그와 이중주를 하고 싶었다. 양우건이 찾아온 이유 역시 그것 때문이라는 사실을 알았다.

하지만 철적을 두고 온데다, 지금은 운공요상 중이라 호흡을 마음대로 제어할 수가 없었다.

이런 상태로는 철적을 불어도 그저 소리만 날 뿐, 거기에 깊이를 담기는 어려웠다.

양우건에게 그런 소리를 들려주는 건 실례라는 게 진평의 생각이었다.

"바둑 둘 줄 아나?

진평의 질문에 양우건은 고개를 끄덕였다.

진평이 턱짓을 하자 홍패가 바둑판을 가져왔고, 곧바로 대국이 시작되었다. 진평으로선 참으로 오랜만에 바둑판 앞에 앉은 것이었다.

대국은 평탄하게 흘러갔다.

진평은 몇 번의 도발을 통해 상대의 기력을 확인했는데, 양우건은 설대인만큼 잘 두지는 못했다.

그러나 상관없었다.

두 사람에게 있어 바둑은 승부의 개념이 아니라 그저 함께 시간을 보내는 매개물에 불과했기 때문이다.

젖혔을 때 느느냐, 맞젖히느냐, 끊느냐에 따라 감정을 전하고 변으로 파고드느냐, 등을 두텁게 에워싸느냐에 따라 화답하는 식이었다.

그러다 보니 판이 끝난 후의 계가는 의미가 없었다.

진평이 본래부터 이런 식의 선문답 같은 교류를 좋아하는 것은 아니었다. 그런데 양우건과는 이러는 게 잘 어울렸고 재미도 있었다.

반면 옆에서 구경하는 홍패는 마냥 지루했다.

바둑을 수담(手談)이라고도 한다지만 진평과 양우건은 말이 없어도 너무 없었기 때문이다.

어떤 날은 객청에 들어와서 차를 마시고 바둑 한 판을 두고 돌아가기까지 둘이 단 한마디도 하지 않는 날도 있었다.

그러던 어느 날.

한참 바둑을 두던 양우건의 눈썹이 꿈틀거렸다.

그는 진평에게 눈짓을 한 후 곧바로 창을 통해 몸을 날렸다.

평소 경공이라면 자부심을 가지고 있던 홍패의 입에서 탄성이 터져 나올 정도로 빠른 움직임이었다.

홍패가 걸상을 집어 들고 진평을 보호하며 물었다.

"왜 저리 급히 뛰어나간 걸까요?"

진평은 대답할 말이 없었다.

침입자가 있는 거라고 짐작은 되었지만 진기 순환이 불규칙하다 보니 외부의 기를 읽는 능력도 현저히 저하되어서 바깥 상황을 짐작조차 할 수 없었다.

"나가 보자."

홍패는 앞장서서 방문을 열고 마당으로 나섰다.

크게 소란스럽지는 않았지만 갑주 입은 병사들이 빠르게 이동하는 소리가 여기저기서 들려왔다.

"형님. 누군가 담을 넘어들어온 모양입니다."

"그런 것 같지?"

"간도 큰 놈입니다. 감히 왕부의 담을 넘다니."

진평은 담 너머 좌우에서 들리는 소리에 귀 기울이다가 문득 건너편 건물 위에 있는 시커먼 물체를 발견했다.

그것은 야행복을 입고 지붕에 엎드린 사람이었다.

진평은 침입자와 시선을 마주쳤다. 약간의 거리는 있었지만 상대 역시 자신을 뚫어져라 보고 있었다.

진평이 아무 말이 없자 홍패가 돌아보며 물었다.

"형님. 왜 그러십니까?"

"건너편 지붕 위."

홍패도 그를 발견했다.

그는 얼른 돌멩이 하나를 주워 팔매질을 했다.

비록 손에 익은 암기는 아니지만 돌멩이는 정확하게 목표를 향해 날아갔다.

침입자는 민첩하게 몸을 날려 피했고, 퍽! 하고 기와 깨지는 소리가 들려왔다.

그러자 주변이 소란스러워졌다.

병사들이 새로운 침입자의 존재를 알아차린 것이다.

홍패는 달아나는 검은 그림자를 보며 발을 동동 굴렀다. 움직임을 보아하니 자기가 쫓아가면 잡을 수 있을 것 같은데, 진평을 놔두고 움직였다가 혹시 다른 놈이 튀어나올지도 모르는 일이라 자리를 비울 수 없었다.

소란은 한 시진이나 지난 뒤에야 진정되었다.

그리고 다시 또 한 시진이 지난 뒤 양우건이 돌아와 바둑판 앞에 앉았다.

판은 이미 흥이 식었지만 진평이 궁금하게 여길까 봐 일부러 찾아와서 경과를 알려주는 것이었다.

"침입자가 두 명 있었어."

"잡았나?"

"모두 놓쳤어. 첫 번째 놈은 나를 끌어내기 위해 일부러 살기를 발출했던 것 같고, 두 번째 놈은 이 건물을 정찰하고 돌아간 것 같더군."

홍패가 끼어들어서 물었다.

"첫째 놈을 놓쳤다는 말씀이 이해가 안 되네요. 양참군님보다 그가 더 빨랐다는 겁니까?"

"그와 몇 차례 손을 나누었는데 만만치 않더군."

진평과 홍패는 서로를 바라봤다.

그게 더 믿기 어려운 얘기였다.

양우건의 무공이 증진된 것은 진평이 익히 아는 바였다. 그런데 그와 격투를 벌인 후 빠져나갈 정도였다면 침입자의 무공이 도대체 얼마나 고강한 것인지 가늠이 잘 되지 않았다.

비록 양우건이 바둑 두러 오는 편한 차림이라 검을 지니고 있지는 않았지만 적수공권이라고 해서 정찰병 정도를 놓칠 사람은 아니었다.

"누가 감히 성왕부의 담을 넘었을까?"

질문을 하는 순간 진평은 스스로 답을 얻었다. 당금 천하에서 그렇게 할 수 있는 단 하나의 세력은 동창밖에 없었다.

그러나 의문은 거기서 끝나지 않았다.

동창이 성왕부를 견제하는 것은 공공연히 알려진 일이지만 사로잡힐 위험성까지 감수하고 소란을 벌일 이유는 없었다.

"동창이 나를 찾는구나."

진평은 어둠 속에서 마주친 시선을 떠올렸다.

먼저 고수를 보내 양우건 및 병사들의 시선을 다른 곳으로 유도하고 두 번째 암행인이 자신의 소재를 확인한 것이다.

양우건이 말했다.

"경계를 강화하기로 했으니 걱정하지 않아도 될 거야."

진평은 고개를 끄덕였다.

그리고 양우건이 돌아간 후 홍패에게 말했다.

"항주에 좀 다녀와야겠다."

"떠나시게요?"

홍패는 아쉬워하는 표정이 역력했다.

처음엔 죽을지 살지 모르는 상태로 죄인처럼 끌려왔지만 일단 손님이 된 뒤로는 이보다 더 호사스러운 대접은 받아본 일이 없었다. 진평의 운공요상 역시 충분한 지원 덕에 하루가 다르게 진전을 보이는 중이었다. 그 모든 것들을 버리고 떠난다고 생각하니 안타까울 수밖에 없었다.

진평이 말했다.

"동창은 성왕부에 자그마한 꼬투리라도 잡기 위해 혈안이 되어 있어. 공연히 내가 빌미가 되기라도 하면 전하에게 미안한 일이야."

"하지만 형님은 잘못한 게 없지 않습니까."

"동창이라면 얼마든지 죄를 만들어낼 수 있어."

"그건 그렇죠. 흐……."

홍패는 입맛을 다셨다.

"석위에게 가서 배를 빌려달라고 해."
"예? 배를요?"
"산동에서 탈출하려면 바다가 최고니까."
"아! 그렇군요. 알겠습니다."
석위에겐 높은 파도를 견딜 수 있는 배가 있었다.

*　*　*

성왕은 홍패를 심부름 보내야겠다는 진평의 요청을 허락해 주었다. 장사하는 사람이다 보니 이것저것 할 일이 많다는 점을 인정해준 것이다.

소지품을 돌려받은 홍패는 날이 어두워지기를 기다려 면구까지 쓴 이후에 왕부를 나섰다.

어둠 속에서 동창이 지켜보고 있을지도 모른다는 생각에 조심하고 또 조심하여 포구까지 도착한 그는 객잔 입구에 진평이 가르쳐준 암호를 석필로 썼다.

반 시진 정도가 지나 장계상이 나타났다.

이번엔 허름한 표사 차림이었다.

"주군은 어떠십니까?"

"많이 나아지셨어."

"다행이군요."

"항주에 좀 다녀올 테니 왕부에서 시선을 떼지 마. 그리고 바다 쪽으로 통하는 길도 좀 미리 봐두고."

장계상은 고개를 끄덕였다.

그리고 살짝 눈을 가늘게 뜨며 말했다.

"일전에 제게 임무 주신 것 기억하십니까?"

"무슨 임무?"

"석 달 안에 완수하지 못하면 쫓아내겠다고 하셨지요?"

"아! 마충과 왕립 찾는 일? 그런데 왜? 설마……."

"저를 따라오십시오."

장계상이 홍패를 안내한 곳은 포구에 매인 작은 배였다.

포장을 젖히고 선실 안으로 들어간 장계상이 등불을 밝히자 두 명의 사내가 온몸이 꽁꽁 묶인 채 바닥에 나뒹굴고 있는 모습이 보였다.

홍패는 반색을 했다.

"정말이구나! 놈들을 찾았어!"

등불 빛에 눈을 끔뻑이던 마충과 왕립은 홍패를 발견하고는 사색이 되었다.

"어이쿠! 홍대인!"

"여긴 어인 일이십니까?"

"어인 일이긴! 내 돈 떼어먹고 달아난 놈들 초상 치러주러 왔지."

홍패는 둘에게 닥치는 대로 발길질을 해댔다.

마충과 왕립은 연거푸 비명을 질렀다.

홍패도 정사대전을 전후하여 상당한 무공 증진을 이루었기 때문에 한 번 걷어차도 그 통증이 뼛속까지 파고들었다.

분이 풀릴 때까지 발길질을 한 홍패는 갑판으로 나와 장계상에게 말했다.

"대단하군. 찾기 쉽지 않았을 텐데."

"시간이 좀 걸렸습니다."

홍패는 실눈을 뜨고 장계상의 길쭉한 얼굴을 한동안 바라보다가 말했다.

"좋아! 실력을 인정한다. 이왕 이렇게 되었으니 우리 의형제를 맺는 게 어떨까? 나를 형님으로 모실 영광을 주지."

장계상은 쉽게 수락하지 않았다.

"의형제라면 응당 나이를 따져봐야지요."

"어라? 확 취소해버린다!"

"대장부가 한 입으로 두말을 할 수는 없지. 어느 해에 태어났는지 얘기해 봐."

"네가 먼저 말해."

"난 병자(丙子)생이다."

"아하! 이럴 줄 알았지. 난 을해(乙亥)년생이니까 앞으로 나를 형이라고 불러."

장계상은 믿지 못하겠다는 표정으로 홍패를 노려봤다.

홍패가 너털웃음을 터뜨렸다.

"하하하! 들켰나? 사실 나도 병자생이야. 그러니까 서로 말을 트고 지내자고. 됐지?"

장계상은 여전히 홍패의 말을 믿을 수 없었지만, 그래도 그 정도면 나쁘지 않다는 생각에 적당히 받아들이기로 했다.

"돌아올 때까지 저들을 가둬둘까?"

"아니. 그러면 무슨 재미야. 내가 데리고 갔다 올게. 이 배 내가 써도 되나?"

"물론이지."

장계상은 배에서 내렸고 홍패는 마충과 왕립을 풀어준 후 배를 젓게 했다.

그리고 자기는 등불을 밝혀놓고 그동안 이자가 얼마나 늘어났는지 계산하기에 바빴다.

다음 날.

홍패는 두 사람을 불러놓고 물었다.

"너희들 빚이 얼마나 되는지 아느냐?"

"그게 그러니까……."

"하루도 빠짐없이 이자가 붙었다는 걸 잊지 마. 히히!"

마충이 조심스럽게 대답했다.

"한 서른 냥쯤 되었을까요?"

홍패는 고개를 가로저었다.

"너희들의 빚은 오늘 오시를 기준으로 은 육백팔십 냥하고 닷 문이다."

마충과 왕립은 깜짝 놀랐다.

“말도 안 됩니다! 육백 냥이라니요?”

“도대체 어떻게 해서 그런 계산이 나온 겁니까?”

홍패는 자기가 밤새 계산한 종이를 그들에게 던져주었다.

“확인해보고 잘못된 데가 있으면 얘기해. 힝!”

마충과 왕립은 눈을 부릅뜨고 종이를 들여다보았다.

처음엔 분명 그렇게 큰돈이 아니었는데 매일 이자가 붙는 복리이다 보니 시간이 지날수록 빚이 눈덩이처럼 불어나고 있었다.

마충과 왕립은 무릎을 꿇었다.

“홍대인. 제발 저희들 사정 좀 봐주십시오.”

“예. 육백 냥이면 너무 많습니다.”

홍패는 냉소를 지었다.

“육백이라니? 팔십 냥하고 닷 문은 대충 넘어가려고? 어림도 없는 수작 마.”

마충과 왕립은 죽을 맛이었다.

홍패는 뒷짐을 지고 헛기침을 한 차례 한 후 말했다.

“본래 악독한 고리대금업자들은 빚진 이가 도망쳐서 소재가 파악 안 된 동안은 이자를 두 배로 붙여 먹기도 하지만 난 처음에 약속한 이율대로만 계산했어. 내 돈으로 사람을 풀어 너희들을 찾아내는 수고를 했음에도 불구하고 말이지.”

마충과 왕립은 머리를 조아렸다.

“홍대인이 관인대도의 풍모를 지니신 것은 진즉부터 알고 있었습니다."

"그렇고말고요."

"히히……!"

홍패는 키득거리며 뱃전에 걸터앉았다.

그리고 잠시 운하의 물결을 내려다본 후 말했다.

"빚을 어떻게 갚을 것인지 얘기해봐. 실현 가능성이 있는 게 좋을 거야. 짐작했을지 모르지만, 난 본래 수적 출신이야. 마음에 안 들면 그냥 목을 그어서 저 강물에 던져버릴 거야. 그러면 적어도 용왕님께 제물이라도 바치는 셈은 될 테니까."

마충과 왕립은 침을 꿀꺽 삼켰다.

덩치로만 보면 자신들 둘이 월등히 컸다.

일신에 익힌 무공도 있으니 웬만한 상대라면 힘을 모아 대적했겠지만, 안타깝게도 홍패는 도무지 어찌해볼 도리가 없는 고수였다.

왕립이 떨리는 목소리로 물었다.

"이자를 조금만 탕감해주시면 안 되겠습니까?"

홍패는 품에서 날이 시퍼런 단검을 꺼냈다.

마충과 왕립은 흠칫했지만 홍패는 그 단검으로 손톱을 다듬으면서 크게 선심이라도 쓰듯 말했다.

"오늘 안으로 갚으면 끝자리 닷 문은 깎아주지."

마충과 왕립은 절망감을 느꼈다.

은 육십 냥이면 어떻게든 구해볼 수도 있겠지만, 육백 냥은

기가 질리고 엄두가 나지 않았다.

그들의 표정을 살피던 홍패가 말했다.

"아무래도 용왕님을 뵈러 가고 싶은 모양이구나."

"아, 아닙니다!"

"잠시만 시간을 주십시오!"

홍패가 슬쩍 웃으며 물었다.

"다른 길도 있는데 한번 들어보겠느냐?"

"그게 무엇입니까?"

마충과 왕립은 지푸라기라도 잡는 절박한 심정으로 홍패를 바라봤다.

"너희들이 내 노복(奴僕)이 되는 것이다."

"예?"

마충과 왕립은 서로를 봤다.

입신양명을 꿈꾸며 성왕부에 들어갔던 게 엊그제 같은데, 자칭 수적 출신이라는 자의 노복이라니. 말도 안 되는 얘기였다.

홍패가 단검을 손바닥에 탁! 탁! 두드리며 말했다.

"노복이 되면 빚이 다 사라질 뿐만 아니라 잘하면 새경을 받을 수도 있지. 히히! 일은 별로 어렵지 않을 거야. 평생 나를 주인으로 모시고 충성을 다하기만 하면 돼."

두 사람은 쉽게 결정을 내리지 못했다.

홍패가 다시 말했다.

"그게 아니라면 이 자리에서 고기밥이 되던가, 아니면 일부를 갚고 나머지 빚을 가리기 위해 평생 독촉을 당하거나 둘 중 하나야. 도망치는 건 꿈도 꾸지 마. 이번에 다시 도망치면 이자를 두 배로 물릴뿐더러 잡은 뒤 팔다리를 하나씩 잘라줄 테니까."

마충과 왕립의 낯빛이 창백해졌다.

상상만 해도 끔찍한 일이었다.

그동안 시골로만 떠돌아다녔는데도 찾아낸 걸 보면 홍패에게서 탈출하는 건 불가능하다고 할 수 있었다.

결국 마충과 왕립은 홍패 앞에 머리를 조아렸다.

"평생 주인님으로 모시겠습니다."

"배신하지 않을 것을 천지신명께 맹세합니다."

홍패는 기분이 좋아서 고개를 젖히며 웃어댔다.

"히히히! 잘 생각했어. 아주 좋아. 히히히!"

그는 선실에 느긋하게 누워 낮잠을 즐겼고 마충과 왕립은 교대로 배를 젓고 끼니를 장만했다.

그들의 표정도 많이 풀렸다.

졸지에 홍패의 노복이 되었지만, 육백팔십 냥이란 빚의 굴레를 벗어버린 것만으로도 크나큰 해방감을 느낀 것이다.

항주에 도착한 홍패는 마충과 왕립 두 사람에게 배를 맡겨두고 복운표국을 찾아갔다.

두 사람이 그 사이 배를 가지고 도망칠 가능성도 있지만, 홍패는 그들이 그런 선택을 하지는 않을 것으로 보았다. 설령 도망친다고 해도 장계상에게 한 번 더 부탁하면 그만이었다.

복운표국의 표사들은 정사대전 이전에 비해 더욱더 날카로운 기도를 내뿜고 있었다.

그들 중 압권은 총표두 석위였다.

그는 윗도리를 벗어젖힌 채 마당 한가운데에서 칼을 휘두르고 있었는데 오른쪽 어깨의 상처가 다 낫지 않아 왼손에만 칼을 쥐고 있었다.

그의 칼이 한 번 움직일 때마다 머리카락을 쭈뼛거리게 만드는 예리가 도기가 뿜어져 나와서 다들 가까이 가지 못하고 멀찍이서 구경만 하고 있었다.

홍패가 박수를 치며 말했다.

"축하드립니다. 석형님의 도법은 볼 때마다 일취월장하는군요. 히히!"

석위가 칼을 멈추고 돌아섰다.

"홍아우로군."

"예. 그렇습니다."

"진평은 어찌 되었나? 중상을 입었다면서?"

"많이 나으셨습니다. 아직 내공은 회복되지 않았지만 일상생활을 하는 데는 지장이 없습니다."

석위는 걱정하던 표정을 거두었다.

"그럼 곧 괜찮아질 거야. 내공과 운기에 대해서라면 천하에 그 녀석보다 많이 아는 사람도 없으니까."

"저도 그러기를 바라고 있습니다."

석위는 손짓으로 홍패에게 자리를 권했다.

표사 한 명이 쟁반을 가지고 왔는데, 차가 아니라 술병과 술잔이었다.

"자! 한 잔 마셔."

홍패는 거절하지 못하고 받아 마셨다.

석위는 내리 석 잔을 벌컥벌컥 들이켠 후 물었다.

"진평은 지금 어디 있나?"

"산동에 계십니다."

"산동? 그런데 넌 왜 여기 있어? 운기도 못하는 사람을 혼자 놔두면 위험하잖아?"

석위의 언성이 높아지자 홍패는 손을 내저어 그를 진정시켰다.

"지켜줄 사람들이 많이 있으니 그건 걱정 마십시오. 제가 여기 온 것은 형님께 배를 빌리기 위해서입니다."

"배? 배라면 그 녀석이 훨씬 더 많잖아? 아마 나보다 백 곱절은 더 많이 가지고 있을걸."

"바다에 띄울 배가 필요합니다."

"그건 또 왜?"

"이제 강 구경은 그만하면 됐다고, 바다 쪽으로 유람을 나가고 싶어 하십니다."

석위는 씩 웃었다.

"누가 또 쫓아와서 귀찮게 하는 모양이군. 후후……. 산동이라면 어느 방향으로 가건 바다를 만날 수 있으니까 배만 있으면 탈출은 문제도 아니지."

"그렇습니다. 히히!"

"좋아. 배 다룰 노련한 선원까지 딸려서 보내줄 테니까 어디 태워먹지 말고 고대로 돌려줘야 해."

"걱정 마십시오."

"자! 이젠 맘 놓고 마셔도 되는 거지?"

"그런데…… 형님 어깨를 묶은 붕대에 피가 배어 나오고 있습니다. 아직 완치가 되지 않은 건가요?"

석위는 어깨를 툭 친 후 말했다.

"좀이 쑤셔서 칼춤을 좀 추다 보니까 아무는 게 더디네."

"다 아물 때까지는 연공도 줄이고 술도 줄이셔야죠."

석위가 갑자기 눈을 부릅떴다.

"동악율 그놈 생각을 하면 자다가도 벌떡 일어나게 되는데 연공을 쉴 새가 어디 있어!"

"아! 그, 그러시군요."

"소문에 듣자하니 마교 잔당이 절강성으로 들어왔다고 하는데 아이들을 풀어서 찾아봐도 도무지 흔적이 없어."

"마교가 절강성에 있다고요?"

"동창 놈들이 설치고 다니는 걸 보면 확실해."

"잘하면 동악율과 만나실 수도 있겠군요."

석위는 딱! 소리 나게 탁자를 내리쳤다.

"바로 그것 때문에 내가 연공을 멈추지 못하는 거야."

"그래도 상처가 덧나면……."

홍패는 중간에 말을 멈추었다.

석위가 무서운 눈으로 노려봤기 때문이다.

그가 말했다.

"진평은 참 성격이 무던하기도 하다."

"그게 무슨 말씀이십니까?"

"내 옆에 너처럼 잔소리를 해대는 놈이 있으면 단칼에 혀를 잘라버렸을 거다."

"하핫! 술만 마시겠습니다. 하하핫!"

제5장
동창의 요구

성왕은 진평의 거처를 방문했다.

진평은 마당까지 나가 그를 맞았다.

"사업에 신경을 쓸 정도인 걸 보니 많이 나았나 보군."

"예. 전하의 보살핌 덕에 예상보다 빨리 좋아졌습니다. 성은에 감사드립니다."

그것은 빈말이 아니었다.

성왕의 배려는 진평으로서도 진정 깊은 고마움을 느낄 만큼 극진한 것이었다.

성왕은 흡족한 표정으로 자리에 앉은 후 주위를 물리치고 진평을 맞은편 자리에 편히 앉도록 했다.

"저는 서 있겠습니다."

황여방과 양우건이 성왕의 뒤에 시립해 있는데 자기 혼자 앉기가 미안했다. 황여방에겐 그런 감정이 없었지만 양우건과는 동등한 입장이고 싶었다.

"몸이 불편한데 서 있어도 괜찮겠소?"

"예."

성왕도 세 번 권하지는 않았다.

그는 차 한 모금을 마신 후 진평에게 말했다.

"과인은 신분과 직업을 가리지 않고 최대한 많은 사람들과 얘기하려고 노력하고 있소. 그대는 무림맹에서 뇌전대를 이끌었고, 또 장강을 오르내리며 장사도 한다고 들었소. 내게 세상 얘기를 좀 해주면 어떻겠소?"

"어떤 얘기를 듣고 싶으십니까?"

"글쎄……. 그대가 평소에 관심 가지고 생각하던 바가 있다면 먼저 말해보시오."

진평은 잠시 생각을 정리한 후 말했다.

"제가 평소 궁금하게 여기는 게 한 가지 있습니다."

"그게 무엇이오?"

"가을걷이가 끝나면 지주는 곡식을 떼어갑니다. 그것이 과연 정당한가 하는 게 바로 제가 의문을 가지는 일입니다."

"미리 정한 만큼 나누어 가지는데 문제 될 것이 무엇이오? 지주는 땅을 놀리지 않아서 좋고, 전호(田戶)는 자기 땅이 없어도 농사지은 곡식으로 가족들을 먹일 수 있으니 서로 좋은 일 아니오?"

"하지만 지주는 일을 하지 않습니다."

"땅을 대지 않소."

"그 땅이 본래는 소작농의 것이었습니다. 고리대금과 높은 소작료로 빚을 늘게 하여 헐값에 빼앗은 땅이지요."

성왕의 미간에 주름이 잡혔다.

"흐음……. 그런 일들에 대해서는 과인도 들었소."

뒤에 서 있던 황여방이 나섰다.

"이 자리에서 얘기하기엔 적절하지 않은 내용 같습니다."

진평이 얘기하는 중 지주에 대해 적개심을 드러낸 게 마음에 걸렸던 것이다.

성왕은 손을 내저었다.

"그렇지 않습니다. 땅을 잃고 빚에 쪼들린 백성들이 고향을 떠나 유랑걸식을 한다고 들었습니다. 그들이 바로 강도도 되고 도적도 되는 것 아니겠습니까."

성왕은 황여방이 생각하는 것보다 더 많은 것들을 알고 있었다. 설가영과 대화를 나눈 덕분이었다.

성왕이 진평에게 물었다.

"어떻게 해야 그 문제를 해결할 수 있을 것 같소?"

"그건 조정 대신들이 생각할 문제입니다."

"하지만 그대에게도 생각이 있지 않소?"

진평은 잠시 사이를 두고 말했다.

"지주들의 땅 욕심은 한도 끝도 없습니다. 그것 자체를 막으려는 시도는 성공할 수 없습니다."

"그럼 어찌해야 좋단 말이오?"

"조정에서 파견한 관리가 그들을 견제하고 감시해야 합니다. 대명률에 따르면 공신에게 하사된 공전(公田) 이외의 땅은 반드시 관에 보고하여 법이 정하는 공출미를 바치고 부역을 하게 되어 있습니다. 또한 논밭을 산 이후엔 세계(稅契)를 작성하여 제출하는 게 의무입니다. 하지만 실제로 그걸 다 지키는 지주는 어디에도 없습니다. 감시해야 할 관리들은 오히려 지주들과 결탁하여 백성들을 수탈하기에 바쁘지요."

성왕은 고개를 끄덕였다.

"그게 늘 문제입니다."

"관리들의 근무지를 일정한 주기로 계속 바꾸면 어느 정도 개선할 수가 있을 것입니다. 토호들과 결탁할 시간을 주지 않고 다음 근무지로 옮기는 것이지요. 둘이 나누어 먹다가 먼저 밥줄 끊긴 쪽이 남은 쪽만 잘 먹고 잘 살도록 내버려두는 경우는 드뭅니다. 참지를 못하지요. 많이 적발한 관리에게 상을 준다면 효과는 더욱 극대화될 것입니다."

성왕은 흥미롭다는 표정으로 진평을 바라봤다.

제법 그럴듯한 얘기였다.

실현 가능성은 차치하더라도 어떤 일에 접근하는 진평의 방식이 인상적이었다. 보통 하나의 문제점을 발견하게 되면 그걸 완전히 바꿔버릴 비책을 찾기 마련인데, 진평은 현실에 적용 가능한 작은 일부터 생각했다.

성왕이 생각에 잠기자 한동안 침묵이 이어졌다.

어느 정도 시간이 지난 후 진평이 입을 열었다.

"제가 떠나도록 허락해주십시오."

성왕은 놀란 표정을 지었다.

"떠나다니? 가긴 어딜 간단 말이오?"

"저 때문에 이곳이 번잡해지는 것은 바라지 않습니다."

성왕은 동창의 움직임에 대해 보고를 받고 있었다.

어쩌면 상당히 귀찮아질 수도 있는 상황.

하지만 고작 그들의 압박 때문에 진평을 내쫓고 싶지는 않았다. 그것은 자존심의 문제였다.

"완쾌될 때까지 머물도록 해주겠다고 한 내 말을 지킬 것이니, 그대는 요상에나 신경 쓰시오."

성왕이 돌아가고, 그날 밤 양우건이 찾아오자 진평은 같은 얘기를 다시 했다.

"나 때문에 동창과 성왕부 사이가 껄끄러워지는 건 바라지 않아. 나갈 수 있도록 얘기 좀 해 줘."

그러나 양우건도 성왕과 같은 생각이었다.

"동창의 권세가 아무리 하늘을 찔러도 이곳을 건드릴 수는 없어."

"만약 그들이 온다면?"

"그때 상황을 봐서 대처해도 늦지 않아."

침입자 사건이 있은 지 꽤 오랜 시간이 흘렀지만 동창 측에선 아무 움직임도 보이지 않았다.

진평도 긴장을 풀고 운공요상에만 집중했다.

그러나 동창이 움직이지 않은 것은 지원병을 기다렸기 때문이었다.

어느 날 갑자기 육로와 수로 모두에 관군들이 모습을 나타내는가 싶더니 하루 만에 성왕부로 통하는 모든 경로가 막히고 말았다.

성왕은 크게 노하여 도지휘사(都指揮使)를 불러들였지만, 그들은 동창이 아닌 오군도독부(五軍都督府)의 군령을 받아 불시에 훈련을 하는 것이라며 공문까지 보여주었다.

성왕이 비록 황제의 친동생이라고 하지만 공식적인 명령에 따라 움직이는 군대의 움직임에 이래라저래라 할 권한은 없었다.

그는 사신을 파견하여 우겸에게 도움을 청하려 하였다. 그러나 황여방이 만류했다.

길이 모두 막혔는데 공연히 서찰이 중간에 가로채이기라도 하면 불필요한 오해만 늘어날 거라는 이유에서였다.

그날 밤.

동창의 환관이 성왕 뵙기를 청했다.

성왕은 허락하고 그를 맞아들였다.

공손히 절을 마친 환관은 이십대 후반의 말끔한 얼굴을 하고 있었는데 또렷한 눈빛이 인상적이었다.

성왕이 물었다.

"네 이름이 무엇이냐?"

"예. 조길상(曹吉祥)이라 하옵니다."

"동창에 속해 있느냐?"

"외람되이 백호(百戶)의 일을 맡고 있습니다."

"으음……."

동창에서 가장 높은 사람은 제독인 두용이고, 서열 두 번째는 천호 당유량이었다. 그리고 그다음 서열 삼위가 바로 백호였다.

천호와 백호는 명칭만 그럴 뿐 실제로 백 명, 천 명의 부하를 거느리는 것은 아니었다.

그렇다고는 해도 달랑 하나씩밖에 없는 동창 내의 요직이었다.

조길상은 아직 나이가 어린데 그 자리까지 오른 걸 보면 뭔가 재주가 있는 게 분명했다.

백호가 직접 나섰다면 동창이 이 일을 얼마나 중요하게 여기는지 알 수 있었다.

성왕이 낯빛을 바로 하고 물었다.

"무슨 일로 과인을 찾아왔는고?"

"예. 전하께서도 마교가 발흥하여 황상의 심기를 불편하게 하고 있다는 얘기는 들어서 아실 것입니다."

성왕은 고개를 끄덕였고 조길상이 말을 이었다.

"저희들은 마교의 수괴들을 추적하고 있었는데, 이곳 산동에서 그 흔적을 발견하였습니다."

성왕은 짐짓 놀라는 체했다.

"그게 정말인가?"

"그렇습니다. 그 자의 이름은 진삼. 강호엔 호림공이라는 별호로 알려져 있습니다."

성왕은 냉소를 지었다.

"진모라는 자가 마교의 수괴 중 하나라고? 흥! 과인이 듣던 얘기와는 다르군."

조길상은 정색을 했다.

"전하. 아뢰옵기 황송하오나, 강호에 전해지는 얘기들은 종종 그 겉과 속이 다른 법입니다. 소문만 듣고 진위를 구분하기는 어렵습니다. 그 진삼이란 자도 자신의 본래 신분을 숨기고 무림맹에 잠입하여 한때는 무림맹을 위해 열심히 싸우는 척도 했다 합니다. 하지만 결정적인 순간에 정체를 드러냈습니다."

성왕은 속으로 코웃음을 친 후 말했다.

"자세히 얘기해보시오."

"마교 교주가 죽기 직전에 그를 구해주었다고 합니다. 그리고 그와 합류할 목적으로 밤사이 소림사에 불을 지르고 달아

났습니다."

성왕은 어이가 없었다.

같은 상황을 이런 식으로 얘기할 수도 있다는 사실에 기가 차기도 했다.

"과인이 듣기에는 마교 교주를 쓰러트린 장본인이 바로 진삼이라고 하던데."

"하지만 마교 교주를 죽일 수도 있는데 살려준 것도 분명히 그였습니다. 왜 그런 짓을 했는지 취조해 봐야만 합니다."

성왕은 더 이상 조길상과 말을 섞기 싫었다.

"취조를 하건 말건 알아서 하시오."

조길상이 눈을 빛냈다.

"전하. 아뢰옵기 황송하오나, 그자가 성왕부에 숨어 있다는 첩보가 들어왔습니다."

성왕은 자리에서 벌떡 일어섰다.

"그게 무슨 소리냐? 내가 그 진모라는 자를 숨겨주기라도 했다는 뜻이냐?"

조길상은 머리를 조아렸다.

"진노를 거두어주십시오. 저는 그런 뜻으로 드린 말씀이 아닙니다. 전하께서 모르는 사이 성왕부에 숨어든 마교의 수괴를 저희들이 대신 잡아 드리겠다는 뜻입니다."

성왕은 더욱 언성을 높이며 발을 굴렀다.

"네놈이 감히 내 성을 뒤지겠다고?"

"이것은 보통 일과 다릅니다. 황상께서 특별히 걱정하시는 마교의 잔당을 색출하는 중차대한 임무입니다."

성왕은 진평을 왜 마교와 결부시켰는지 알 수 있었다. 황제를 걸고 넘어가려고 제일 무거운 죄를 뒤집어씌운 것이다.

"어쨌거나 너희들은 내 성에 한 발도 들이지 못할 것이다. 썩 물러가라!"

"전하! 통촉하시옵소서."

"시끄럽다! 두용, 아니 왕진이 직접 온다고 해도 문을 열어주는 일은 없을 것이다."

조길상은 물러서지 않았다.

"전하. 이제 사흘 뒤면 왕태감께서 보내신 친군(親軍)이 도착할 것입니다."

"친군까지?

성왕은 깜짝 놀랐다.

그들까지 온다면 상황이 심각해질 것이기 때문이다.

원래 태조가 만든 감찰 조직은 금의위(錦衣衛)라는 이름을 가지고 있었다. 그 후 황제가 바뀔 때마다 그 조직은 커지기도 하고 작아지기도 하면서 영욕이 교차했다. 그러다가 북경으로 천도한 이후로는 집무실의 위치를 따라 동창(東廠)이라 불리게 된 것이다.

동창이 만들어진 이후에도 금의위는 없어지지 않았다.

황제가 따로 훈척도독(勳戚都督)을 임명하여 동창과 상호 보조하도록 하였는데, 근자에 이르러서는 왕진이 무소불위의 권력을 누리게 되면서 그 편제를 계속 확충시켜 병력이 일만 팔천을 헤아리게 되었다.

황제를 친위(親衛)한다 하여 친군위(親軍衛) 혹은 친군이라고 불리는 그들은 나라의 녹을 먹고 있지만 실제로는 왕진의 사병(私兵)이나 마찬가지였다.

왕진의 명령이 떨어지면 불구덩이에라도 뛰어들 정도로 충성스럽고, 훈련이 잘되어 있는데다가 잔인하고 흉포한 것으로 유명했다.

조길상이 살짝 미소 머금은 얼굴로 물었다.

"친군이 당도하기 전에 제가 황상과 전하를 위하여 도적을 잡을 테니 부디 허락해 주십시오."

성왕은 호통을 쳤다.

"네놈이 감히 나를 협박하는 게냐?"

"아니옵니다. 제가 어찌 감히……."

"썩 물러가라! 한 마디만 더 늘어놓았다가는 목만 떼어서 왕진에게 보내주마."

겁먹은 조길상은 더 이상 얘기를 하지 못하고 황망히 돌아갔다. 성왕의 나이가 어리기에 황제 가지고 놀듯이 어르고 달랠 수 있을 줄 알고 왔는데 전혀 예상 밖이었다.

왕진이 왜 성왕을 싫어하고 견제하려고 하는지 그 이유만 확인하고 빈손으로 돌아갈 수밖에 없었다.

성왕은 성 안의 모든 병력에 비상령을 내렸다.

정말 친군이 올 경우에 대비하는 것이었다.

군량을 확인하고 성을 보수하는 등 상황이 긴박하게 돌아가자 진평도 상황을 알아차리게 되었다.

그는 양우건을 찾아가 말했다.

"아무래도 내가 떠나야 할 것 같군."

양우건은 대답을 하지 못했다.

적이 움직이는 것을 보고 대응해도 된다고 생각했는데 이토록 급박하게 포위망을 구축하고 친군까지 동원할 줄은 몰랐던 것이다.

진평이 성왕부를 떠난다면 간단히 해결될 수도 있지만, 이미 모든 길이 막혔다는 게 문제였다.

이런 와중에 그를 나가라고 하는 것은 사지로 내모는 것과 진배없었다.

진평이 말했다.

"전하께 얘기하면 기어이 나를 잡으려고 하실 테니까 몰래 떠나는 게 나을 것 같아. 필요할 때 성 밖으로 나갈 수 있도록 통행증을 써줄 수 있겠나? 그리고 내가 없어진 뒤에 전하께 대신 인사도 좀 전해주고."

"하지만 나가면 잡힐 텐데."

"그건 내가 알아서 하지."

양우건은 잠시 생각한 후 고개를 끄덕였다.

진평과 성왕의 안위가 동시에 걸려 있다면 그는 어쨌거나 성왕을 선택할 수밖에 없었다.

진평에게 미안한 마음이 들었지만, 그걸 말로 표현하는 건 어색했다. 그렇다고 그냥 보내기도 아쉬워서 양우건은 진평의 어깨에 손을 얹었다.

진평도 그의 마음을 얹고 미소를 보여주었다.

둘 사이엔 그걸로 충분했다.

거처로 돌아온 진평은 약재와 옷, 건량 등을 싼 후 홍패에게서 소식이 오기를 기다렸다.

석위에게서 빌린 배를 타고 해안에 도착한 홍패는 떠나올 때와는 달라진 분위기를 대번에 감지했다.

그래서 포구에도 들어가지 않고 배를 멀찍이 띄워놓은 후 야음을 틈타 매달고 온 작은 배에 옮겨 타 상륙했다.

해안 방풍림에 배를 숨긴 홍패와 마충, 왕립은 길목마다 관군이 검문하고 있는 모습을 확인했다.

"젠장! 뭔가 꼬인 모양이군."

"주인님. 이럴 때 꼭 왕부로 가야 합니까?"

"맞습니다. 관군이 물러가기를 기다리시지요."

며칠 지나는 사이에 주인님 소리가 입에 익은 마충과 왕립이었다. 빚에 시달리던 때와는 달리 홍패가 욕도 안 하고, 때리지도 않고, 굴욕적인 일도 시키지 않았기 때문에 진작 그의 노복이 될 걸 그랬다고 아쉬운 마음이 들 정도였다.

홍패가 말했다.

"멍청한 놈들! 저놈들이 전부 우리 형님 잡으러 온 건데 물러가길 기다린다는 게 말이 되냐? 잔말 말고 여기서 기다려."

"왜요? 주인님 혼자 가시려고요?"

"너희들 경공술로는 들키고 말 거야."

왕립이 말했다.

"주인님의 형님은 거동이 불편하신 거 아닙니까?"

"큰 주인님이라고 해."

"예. 어쨌거나 들어갈 땐 주인님 경공술로 들키지 않는다 해도 나올 때는 사람이 둘이 되면 동작이 둔해져서 들키지 않겠습니까?"

"죽어라 뛰어야지. 히히!"

"그럴 게 아니라 저희에게 길 안내를 맡겨주십시오."

"무슨 길?"

왕립이 씩 웃으며 말했다.

"우리 두 사람은 원래 성왕부 사람들입니다."

"그야 그렇지."

"저희가 원래부터 고낭중의 눈에 들어 시위 무사가 된 건 아닙니다. 처음엔 보군(步軍)부터 시작했는데, 여기서 왕성까지의 길이라면 워낙 순찰과 경계를 많이 했었기 때문에 눈을 가리고도 찾아갈 수 있을 정도로 훤합니다."

낭중(郎中)은 고정광의 관직이었다.

"길엔 관군이 깔려 있잖아?"

"몰래 술 사러 다니는 모래톱 사이의 샛길이 있습지요."

"그래? 흐흐흐……."

홍패가 반색을 했다.

이곳에서 번을 서던 당사자들이 몰래 찾은 샛길이라면 객지에서 온 관군들이 찾아낼 리가 없었다.

홍패는 마충과 왕립의 어깨를 번갈아 두드려주었다.

"너희들을 하인으로 거둔 후 처음으로 보람을 느낀다."

"앞으로 이런 일이 자주 있을 겁니다. 흐흐……."

마충과 왕립의 말은 거짓이 아니었다.

그들은 관군이 어디에 경계를 설 것이고, 순찰 경로를 어떻게 잡을 것인지 훤히 내다보고 있었다. 그리고 그걸 피해 왕성으로 들어가는 길도 다양하게 알고 있었다.

덕분에 홍패 일행은 경공을 펼치지 않고도 인시(寅時) 이전에 왕성으로 들어갈 수 있었다.

별채로 간 홍패는 진평에게 자랑부터 늘어놓았다.

"형님! 보십시오. 이 녀석들 기억나십니까?"

"주사위 때문에 인생 꼬인 친구들 아닌가."

마충과 왕립은 부끄러움에 고개를 숙였다.

"히히! 맞습니다. 빚을 갚는 대신에 제 노복이 되었습니다. 그러니 이제부터는 형님도 마음대로 부리십시오."

그리고 그들이 길 안내한 애기를 해주었다.

진평은 미소를 지었다.

노름빚을 받아내겠다고 악착같이 달려든 게 아니라 적당한 선에서 살 길을 열어주어 유용하게 쓴 것을 보니 홍패도 많이 달라졌다는 생각이 든 것이다.

진평은 동창이 성을 포위했고 친군위(親軍衛)의 병력이 오는 중이라는 애기를 해주었다.

"힝! 형님이 싹 빠져나가면 동창 놈들 얼굴이 참 볼만하겠네요."

"그래. 성왕부를 조금이라도 덜 불편하게 하려면 내가 한시라도 빨리 가는 게 좋아."

"그럼 지금 당장 출발할까요? 해가 뜨려면 아직 한참 남았습니다."

"그렇게 하지."

진평은 별채를 지키는 병사에게 양우건을 불러달라고 했다. 그리고 그가 오는 사이 설가영에게 편지를 썼다.

마음 같아서는 그녀를 직접 만나 애기하고 싶었지만, 막상 얼굴을 보면 그녀가 따라오겠다고 떼를 쓸 것 같았기 때문에 간단히 몇 자 적어서 작별을 고하는 게 나을 것 같았다.

별채로 들어온 양우건은 마충과 왕립을 알아보았지만 별다른 애기는 하지 않고 진평에게 물었다.

"나를 찾았나?"

"지금 떠날 생각이다."

양우건은 고개를 끄덕였다.

그리고 진평이 내민 손을 맞잡았다.

굳은 악수.

양우건이 성왕의 팔을 잡아 목숨을 구해주었지만, 진평은 한 번도 그 일에 대해 고맙다고 얘기한 적이 없었다.

양우건 역시 그 일에 대해 생색낸 적이 없었다.

그걸 굳이 말로 할 필요가 없는 두 사람이었다.

단지 음률로 대화 나누지 못한 게 아쉬울 뿐이었다.

양우건과 작별한 진평은 홍패를 따라 성을 나섰다.

깜깜한 밤.

네 개의 그림자가 밧줄을 잡고 성벽을 기어 내려와 숲으로 들어갔다.

관군이 길목마다 번을 서고 구석구석 순찰을 돌았지만 성 주변을 손바닥 들여다보듯 훤히 아는 마충과 왕립에겐 허수아비나 마찬가지였다.

결국 진평 일행은 동이 틀 무렵 무사히 석위의 배에 탈 수 있었다.

* * *

진평은 배를 둘러본 후 물었다.

"석위는 오지 않았나?"

홍패는 석위가 도법 연마에 눈코 뜰 새 없다는 얘기를 해주었다.

"마교 교주가 절강성으로 갔다고? 그건 의외군."

"어디까지나 소문입니다. 히히!"

진평은 표사들에게 물었다.

"이 배의 책임자는 누구지?"

선미에서 조타노를 잡고 있던 나이 지긋한 사내가 진평 앞으로 왔다. 나이는 오십대 중후반으로 흰 머리가 검은 머리보다 많지만 아직 팔뚝의 근육은 이십대처럼 팽팽한 사내로, 진평도 전부터 아는 사람이었다.

"연노대(燕老大)!"

"오랜만입니다. 허허!"

"아직 정정하시군요."

"당연하지요. 힘이 펄펄 넘쳐서 아프리카(阿弗利加)까지 열 번이라도 다녀올 수 있을 정돕니다."

그의 본명은 연소오(燕小五)로 배 다루는 솜씨가 뛰어나서 이십여 년 전 정화(鄭和)의 육차 원정 때부터 선원으로 참가했고, 십여 년 전의 칠차 원정 때는 아프리카 동부와 페르시아만까지 다녀온 경험을 가지고 있었다.

그러나 칠차 원정 이후 정화가 죽고 함대도 해체되자 다시 바다로 나갈 길이 요원해지고 말았다.

명나라는 본래 해금(海禁) 정책을 추구해서 개인이 사사로이 외국과 해상 교역하는 일을 막고 있었다.

영락제와 정화가 모두 죽은 이후에는 어떠한 해상 교역 시도도 이루어지지 않았다.

연소오는 자신의 항해 경험이 사라지기를 원치 않았다.

그러나 배를 구할 수 없어 절강성의 항구들을 떠도는 신세가 되었는데, 큰 배를 찾던 진평과 인연이 닿아 석위의 배를 맡게 된 것이었다.

다른 복운표국 표사들처럼 무복에 어깨띠까지 두르고 있지만 칼싸움보다는 배 다루는 쪽이 전문이었다.

진평은 연소오에게 배의 인원과 무장 상태를 물어보았다. 그리고 배를 해안가로 바짝 붙이도록 했다.

날이 밝자 관군들이 해안으로 몰려왔다.

조금이라도 수상한 일이 생기면 보고하라고 명을 받았기 때문에 즉시 전령이 본진으로 달려갔다.

해안에 몰린 관군의 수가 늘자 진평은 뱃전으로 나서서 활에 화살 한 대를 걸었다.

"이거 잘 안 되는군."

활을 당기는데 겨드랑이에 은은한 통증이 느껴졌다. 상처가 참 오래도 간다는 생각이 들었다.

진평이 날린 화살은 포물선을 그리며 날아가 관군 중 한 명을 맞추었다.

비명이 울리고 관군들은 일제히 방패를 들고 배를 향해 욕을 해댔다. 그러나 물을 격하고 있어서 다른 행동은 취할 수 없었다. 궁수들을 부르는 게 고작이었다.

진평은 활개를 펼치고 상체를 돌려 몸을 풀면서 한량이라도 된 것처럼 활을 연거푸 쏘았다.

잠시 후 연락을 받은 궁병, 노병들이 몰려오자 진평은 배를 사거리 밖으로 멀찍이 빼도록 했다.

관군이 쏘는 노(弩)는 배 근처까지 오지도 못했다.

전령들이 바쁘게 말을 달렸다.

관군을 향해 활을 쏜 정체불명의 선박을 그냥 보낼 수는 없었기 때문이다.

진평은 해가 중천에 떠오를 때까지 밥을 지어 먹으면서 기다렸다. 그리고 수십 척의 배들이 몰려오자 돛을 올리고 배를 출발시켰다.

처음엔 양측의 간격이 좁혀지는가 싶었지만 뭍에서 멀어질수록 문제가 드러났다. 관군이 징발한 배들은 바다의 파도를 견딜 수 없었던 것이다.

결국 그들이 돌아가자 진평은 다시 배를 세우고 기다렸다. 석위의 배에 무사히 탔지만, 그대로 떠나버리면 동창과 성왕부가 불필요한 충돌을 할 수도 있다는 사실을 진평은 간과하지 않았다.

활을 쏴서 약을 올리고, 추격을 따돌린 후에도 떠나지 않는 것은 자신의 존재감을 확실히 각인시키기 위해서였다.

두 시진 넘게 지나자 비로소 수군 전함 세 척이 모습을 드러냈다. 동창이기에 이토록 신속하게 각 군을 동원할 수 있는 것이었다.

진평은 기지개를 켠 후 일어섰다.

"자, 시작해볼까?"

그는 쉬면서 만든 커다란 깃발을 돛 줄에 매달도록 했다. 거기엔 호림공 진삼이라는 다섯 글자가 적혀 있었다.

표사들은 화전을 준비한 후 저마다 맡은 자리로 갔고, 연소오는 풍향을 살핀 후 배를 선회시켰다.

삼 대 일의 절대적으로 불리한 해전.

그러나 연소오는 노련했다.

세 척의 전함이 대형 유지도 제대로 못 하는 것은 훈련 부족 때문이라며 비웃더니 그들의 외곽으로 단숨에 치고 들어갔다.

"발사!"

바람을 등에 지고 날아간 화전들은 수군의 좌측 함선을 순식간에 불덩어리로 만들어버렸다.

복운표국의 표사들은 단지 칼싸움만 잘하는 게 아니었다. 석위의 지휘 아래 왜구를 소탕하면서 수많은 해전을 치렀기 때문에 실전 경험이 일천한 수군을 상대로 싸우는 것쯤은 우스웠다.

나머지 두 척에 탄 수군들이 스쳐 지나간 석위의 배를 향해 일제히 응사했다.

그러나 애초에 바람의 이점을 빼앗긴 상태로 시작한 해전이라 석위의 배에 꽂힌 화전은 많지 않았고, 선원들이 능숙하게 화재를 진압했다.

배가 선회하자 연소오가 외쳤다.

"노를 걸어라!"

노 하나에 세 명씩 달라붙었고, 화살보다 훨씬 위력적인 쇠뇌들이 수군 전함에 연이어 박혔다.

기세 좋게 달려들던 수군 전함들은 그 정확하고도 집중적인 공격에 기가 질려버렸다. 직접 맞붙어보고 상대의 실력을 절감하게 된 것이다.

결국 그들은 유유히 남하하는 석위의 배를 멀리서 한 시진 정도 추격하는 흉내만 내다가 돌아가 버리고 말았다.

진평과 홍패, 연소오는 통쾌하게 웃은 후 모두에게 술을 돌려 승전을 축하했다.

상황이 그렇게 전개되고 보니 동창 입장에선 성왕부에 대한 압박을 계속 유지할 수 없었다.

진평이 빠져나간 게 분명한데 공연히 무리수를 두었다가 호되게 역공을 당할 수 있기 때문이었다. 결국 관군의 포위는 풀렸고 친군도 황성을 떠나지 않았다.

조길상은 당시 추격 임무를 맡았던 수군 장수들을 모조리 면직시켰지만 그 자신도 제독동창 두용에게 꾸지람을 면할 수 없었다.

중간에 끼어 상황이 곤란하게 된 사람은 장지균이었다.

그는 숭산에서 당유량의 명을 받은 이후 진평의 행적을 찾기 위해 백방으로 노력했다.

그러나 일단 배를 타면 황하부터 대운하를 지나 장강의 끝에서 끝까지 어디든 갈 수 있기 때문에 행적은커녕 방향조차 가늠할 수 없었다.

그래서 그는 방법을 바꾸어 성왕부 주변의 포구들을 지키기로 했다. 허탕만 치는 시간이 계속 흘러가면서 초조함이 극에 달했지만, 마침내 오랜 감시가 결실을 보게 되었다.

진평이 정말로 나타난 것이다.

장지균은 당장 달려들어 진평을 죽이고 싶었지만 문제가 있었다. 호위하는 성왕부의 무사 중 한 명이 가공할 기도를 내뿜고 있었다. 만약 그에게 막혀서 시간을 지체하다가 진평은 죽이지 못하고 불필요한 희생자나 포로가 생긴다면 문제가 커질 수도 있었다.

그래서 급히 당유량에게 전문을 보냈지만 그는 마교 교주 추적 때문에 전문을 받고 답장해 줄 여유가 없었다.

그래서 제독동창에게 보고를 올렸고, 제독동창은 백호 조길상에게 이 일을 위임했던 것이다.

시일만 잡아먹고 허다한 인원과 물자를 동원했음에도 진평을 놓치고 나니 장지균은 허탈감에 빠졌다.

그런 그에게 당유량의 전문이 도착했다.

당유량은 불같이 화를 냈다.

조길상은 그가 가장 꺼리는 경쟁자였다.

비록 지금은 천호와 백호로 신분이 갈리지만, 동창 내에서 그 정도 직급 차이는 언제든지 뒤집어질 수 있는 것이었다.

그런데 믿었던 장지균이 조길상에게 공 세울 기회를 넘겨주었으니 그가 화를 내는 것도 당연했다.

장지균으로서는 이 모든 일의 책임을 묻는 당유량의 추궁을 받아들일 수 없었다.

하지만 조직 안에서 일이 잘못되었을 때는 늘 그렇듯 비난의 화살을 받을 누군가가 필요한 법이다. 자기가 그 화살에 맞기 싫으면 다른 누군가를 대신 세울 수밖에 없었다.

장지균은 당유량에게 다시 한 번 기회를 달라고 전서를 썼다. 그리고 비장한 각오를 품고 장강을 향해 떠났다.

편지를 보고 진평이 떠난 것을 뒤늦게 알아차린 설가영은 성왕을 찾아가 말했다.

"전하. 소녀를 보내주십시오. 혼례도 올리지 않은 아녀자가 왕부에 있는 것은 예법에 맞지 않사옵니다."

성왕은 기가 막혔다.

진평이 있을 때는 예법 안 따지고 잘만 있더니 그가 떠나니까 자기도 떠나겠다고 하는 것이었다.

좀 섭섭한 기분도 들었고, 그녀의 마음을 얻는 데 실패했다는 데서 좌절감도 느껴졌다.

그러나 그는 곧 그런 감정들을 털어버렸다.

군왕이란 모름지기 자신의 속마음과 호불호를 겉으로 드러내지 않아야 한다고 배웠기 때문이다.

"원하는 날 떠날 수 있도록 마차를 준비해주겠소."

마음은 그녀가 남기를 바랐지만 친왕이 병부시랑의 조카를 붙잡아둘 수는 없었다.

그날 오후.

둘만 있는 자리에서 성왕은 설가영에게 따지듯 물었다.

"여길 나가면 진평을 따라갈 생각이지요?"

"아니."

"거짓말 마십시오."

설가영은 계면쩍게 웃었다.

"어떻게 알았어? 호호……."

성왕은 그녀의 웃는 얼굴을 보며 자기도 모르게 한숨을 내쉬었다. 정말 이렇게 아름다운 여인이 세상에 또 있을까 하는 생각이 들었다. 만약 그녀가 자신을 어린애 가지고 놀듯 하는 무공의 고수가 아니었다면, 본능에 이끌려서 과격한 행동을 했을지도 모른다는 생각이 들었다.

그는 곧 머리를 흔들어 그런 생각들을 떨쳐냈다.

그리고 단호한 어조로 말했다.

"그건 안 됩니다."

"뭐가 안 돼?"

"진평과 나보다 많은 시간을 함께 지내는 것은 공평한 경쟁이라고 볼 수 없습니다."

설가영은 답답했다.

평소의 성왕은 애늙은이 같지만, 이럴 때 보면 아직 나이 어린 티가 나는 것이다.

"옥아. 남녀 간의 정이란 것은 함께 지낸 시간이 많고 적고에 따라 깊이가 달라지는 게 아냐."

"그럼 어떻게 해야 누님과의 정을 깊이 할 수 있습니까. 제발 말씀해주십시오."

성왕의 눈빛과 표정이 너무나 진지해서 설가영은 할 말을 잊었다. 자기를 이렇게까지 순수하게, 열정적으로 좋아해 주는데 과연 상처를 줘도 괜찮은 것인지 알 수가 없었다.

그녀는 자기도 모르게 긴 한숨을 내쉬었다.

어른스럽기도 하고 순수하기도 한, 처음엔 남동생 같았지만 이젠 어느 정도는 남자로도 느껴지는 성왕 주기옥.

만약 진평이 아닌 그를 먼저 만났다면 어떻게 되었을지 모를 일이었다.

설가영이 나직한 어조로 말했다.

"내게 있어서 형님은 문신과도 같아."

"그게 무슨 뜻입니까?"

"이미 살 속으로 파고들었기 때문에 지울 수가 없어. 그리고 그 위에 다른 그림을 덧그릴 수도 없고."

그 얘기를 들은 성왕은 가슴 한구석이 와르르 무너져 내리는 것 같았다. 머릿속은 멍하고, 무릎은 시리고, 발바닥은 얼얼한데 속절없이 심장만 힘없이 뛰고 있었다.

그는 처연한 목소리로 중얼거렸다.

"칼을 뽑아 베도 물은 다시 흐르고(抽刀斷水水更流), 술잔을 들어도 수심은 깊어만 가누나(擧杯澆愁愁更愁)."

어디서 읽은 시인지 기억도 나지 않았다.

다만 지금 자신의 심정, 설가영의 선언을 들었음에도 불구하고 정리되지 않는 마음이 자연스레 그 시를 떠올리게 만들었다.

설가영이 그를 위로했다.

"너는 어질고 현명하니까 분명 덕이 있고 현숙한 여인을 비(妃)로 맞게 될 거야. 나처럼 강호를 떠돌던 드센 여자가 뭐가 좋아?"

성왕은 대답하지 않았다.

그가 설가영을 좋아했던 게 바로 그 이유였다.

왕이라고 마냥 고분고분하기만 하고 자기 의견이라고는 없는 사람은 살아오면서 수없이 많이 만나봤고, 왕부 안에도 가득했다.

설가영은 그런 성왕에게 생강처럼 상큼한 자극을 주는 각별한 존재였다.

성왕은 낯빛을 억지로 고친 후 말했다.

"어쨌거나 장군부로 모셔다 드릴 겁니다."

설가영은 살짝 미간을 찌푸렸다.

일견 유약해 보이지만 의외로 끈질기고 고집이 센 우부인을 다시 만나야 한다는 사실에 부담감이 느껴졌다.

그러나 성왕의 뜻을 더 이상 거스르고 싶지는 않아서 그리 하겠다고 선선히 응했다.

성왕이 다시 말했다.

"그리고 누님이 뭐라고 하셔도 전 끝까지 노력할 겁니다. 누님이 혼인하기 전까지는 유효한 거니까요."

"옥아우. 그러지 마."

성왕은 고개를 가로저었다.

"저도 그만두고 싶지만 어쩔 수 없습니다. 이미 제 가슴에도 누님이 문신으로 새겨졌으니까요."

"아……!"

설가영은 아무 말도 할 수 없었다.

제6장
불청객

설가영이 북경 장군부로 돌아가 마차에서 내리자 우부인이 그녀를 맞았다.

우겸은 조정에 출사하고 없었다.

우부인은 객청에 들어설 때까지 아무 말도 하지 않았다. 그리고 문이 닫히자마자 물었다.

"과년한 여자가 집을 나가다니!"

"죄송합니다."

우부인은 설가영을 노려봤다. 그 어미에 그 딸이라는 말이 턱밑까지 올라왔다가 내려갔다.

"성왕 전하의 마차를 타고 온 것은 또 무슨 이유냐? 혹시 전하를 만나기 위해 집을 나갔던 것이냐?"

그랬다면 법도에 어긋나긴 하지만 가출 건을 용서해줄 수도 있다는 게 우부인의 생각이었다.

설가영은 살짝 미소를 지었다.

"그동안 성왕부에서 지낸 건 맞아요."

우부인이 상체를 바짝 접근시켰다.

"거기서 무슨 일이 있었느냐?"

"소박맞았어요."

"뭐, 뭐라고?"

"보시는 것과 같아요. 소박맞고 쫓겨 온 셈이죠. 호호!"

우부인은 역정을 냈다.

"지금 웃음이 나오느냐?"

설가영은 얼른 얼굴빛을 고쳤다.

우부인이 살짝 목소리를 낮추어 말했다.

"성왕부에서 무슨 일이 있었는지 낱낱이 얘기해 보거라."

설가영은 심호흡을 했다.

그리고 당당하게 대답했다.

"거기서 전하를 만났고, 이 혼례는 수락할 수 없다고 분명히 말씀드렸어요. 그랬더니 전하께서 마차를 내주셔서 타고 온 거예요."

우부인은 입을 쩍 벌리고 말을 잇지 못했다.

"네, 네가…… 뭘…… 했다고?"

"전하께 직접 거절을 했어요."

우부인은 머리와 손을 동시에 가로저었다.

"그건 말이 안 된다. 서민이 어찌 황족의 청혼을 거절할 수 있다는 말이냐. 당장 서찰을 써야 한다. 이건 크게 잘못된 일이야."

설가영이 차분한 어조로 말했다.

"숙모님. 진정하세요. 이미 끝난 일이에요."

우부인은 찻잔에 물을 따라 채 우러나기도 전에 거푸 석 잔을 마신 후에야 겨우 안정을 되찾았다.

그녀는 냉랭한 표정으로 설가영을 바라보다가 말했다.

"나는 너를 내 딸로 생각했다."

"저도 숙모님을 어머니처럼 여겼어요."

"그런데 네가 나에게 어찌 이럴 수가 있단 말이냐?"

설가영은 침착했다.

"친왕과 혼인하면 말 잘 듣는 착한 딸이고, 거절하면 나쁜 조카가 된다는 사실을 제가 왜 모르겠어요. 하지만 제 마음속에는 이미 정인이 있고, 그를 배신할 수는 없었어요. 부디 용서해주세요."

말해놓고 나니 속이 다 시원했다.

장군부로 돌아와서 이렇게 입장을 확실히 밝히게 되어 오히려 더 잘됐다는 생각도 들었다.

그러나 우부인의 표정은 펴지지 않았다.

"너는 우리 가문을 위험에 빠트리지 않겠다고 내게 약속하지 않았느냐?"

"그거라면 걱정 마세요. 전하는 혼사가 틀어졌다고 해서 우리 우씨 가문에 불이익을 줄 분이 절대로 아니니까요."

"그걸 네가 어찌 아느냐?"

"말씀드렸잖아요. 전 그동안 성왕부에 있었어요. 거기 있는 동안 매일 두 번씩 전하와 차도 마시고 담소도 나누었어요. 그래서 그분의 인품을 누구보다 잘 알아요."

우부인은 아쉬움에 발을 굴렀다.

"그렇게 가까이 지냈으면서 어찌 청혼을 거절할 수 있단 말이냐."

설가영도 한숨을 내쉬었다.

성왕에 대해 미안한 감정이 되살아났기 때문이다.

우겸은 그날 밤 돌아오지 않았다.

군대가 산동으로 출동했던 문제 때문에 군 내부에 말이 많았기 때문이다. 군을 움직이는 것은 국가의 중대사라 오군도독부 단독으로 실행할 수 있는 일이 아니었다.

그러나 실제 군대가 움직였고, 그로 인해 군부 여기저기에서 환관들의 전횡에 대해 불만이 터져 나오고 있었다.

설가영은 우겸을 다시 만나고 싶었지만 마음이 이미 진평을 따라간 터라 더 이상 지체할 수가 없었다.

앓아누운 우부인을 찾아가 돌아눕지도 않는 그녀의 등에 대고 하직 인사를 올린 후 곧바로 담을 넘었다.

이번엔 지난번처럼 추적당하지 않도록 담을 넘기 전, 미리 면구와 변장을 두 번 세 번 점검했다. 배도 개봉으로 가는 것을 빌려 그곳에 먼저 내린 후 육로로 빠져나와 변장을 새로 하고 작은 포구에서 다른 배로 갈아타 강남으로 향했다.

며칠이 걸려 소주 사해전장에 도착한 설가영은 당황하지 않을 수 없었다.

전장은 그대로인데 본혈방의 거처로 쓰던 후원 별채는 창고로 변해 있었고 서원직도, 정려군도 눈에 띄지 않았다.

전장의 직원들을 붙잡고 물어보니 양주로 갔다는 사람도 있고 항주로 갔다고 말하는 사람도 있어서 도무지 종잡을 수가 없었다.

설가영은 본혈방이 근거지를 다른 도시로 옮겼다는 사실을 직접 찾아와서야 알게 된 셈이었다.

방도가 많은 것도 아닌데 자기에게 통지도 안 해주었다는 사실이 섭섭했지만 이 일의 원인을 제공한 당사자가 자신이다 보니 불만을 터뜨릴 여지는 없었다.

사해전장이 아니라면 그다음에 찾아볼 곳은 정해져 있었다. 설가영은 작은 배 한 척을 사서 자기가 직접 노를 저었다. 수부들에게 맡기면 배가 자기 마음만큼 빠르게 나아가지를 않았기 때문이다.

손바닥이 얼얼하도록 연일 노를 저은 그녀는 동릉 노주에 도착했다. 바로 진평이 평소 지내던 집이 있는 곳이었다.

그러나 삐걱거리며 열린 문 안쪽엔 잡초만 무성하게 자라 있을 뿐 사람의 흔적은 어디에서도 찾을 수 없었다.

밖으로 나와 보니 멀찍이서 거지 두 명이 집에 드나드는 사람을 확인하고 있었다.

설가영은 그들에게 손을 흔들어 보인 후 배로 가서 다시 노를 잡았다. 노주에도 없다면 다음에 진평을 찾아볼 곳은 수로맹의 수채밖에 없었다.

수군 전함을 상대로 한바탕 접전을 치른 진평은 석위에게 배를 돌려주기 위해 항주로 가는 중, 다음 목적지에 대해 잠시 고민을 했었다.

연소오는 찾는 사람 없는 섬들을 많이 알고 있다며 권했지만 그것은 진평이 바라는 바가 아니었다.

일단 위치가 발각되어서 포위를 당하면 꼼짝없이 갇힐 수밖에 없는 게 섬이기 때문이었다.

표사들은 복운표국을 권했다.

총표두가 반가워할 거라는 이유에서였다.

그러나 진평은 자신이 가면 석위가 어떤 대접을 할지 뻔히 알았다. 하루 세 번씩 술자리를 만들 게 분명했다.

한창 도법 연마 중이라는 그를 위해서도, 운공요상을 해야 하는 자신을 위해서도 지금 그와 만나는 건 바람직하지 않았다.

결국 홍패의 권유대로 일단 파양채로 갔다가 다른 장소를 찾아보는 것으로 결정을 내리고 강으로 진입하자마자 새 배를 구하여 타고 마충과 왕립에게 노를 젓게 하여 장강의 흐름을 가로질러 서쪽으로 갔다.

선실에 누워 있는 내내 진평은 창을 통해 물결과 강변의 풍광을 감상했다.

진원지기는 빠른 속도로 회복되고 있었다.

소림사 대환단과 본혈방의 창고에서 나온 영약들, 거기에 성왕부의 약 항아리에서 했던 치료들이 효과를 보는 것이다.

진평은 막혔던 기혈을 뚫는 데 조바심을 내지 않았다.

대신 요즘 들어 그의 주의를 끄는 문제에 대해 생각하는 시간을 더 많이 할애했다.

진평이 고민하는 대상은 형(形)이었다.

그는 본혈방에 전해지는 수많은 무공들을 자유롭게 골라 익힐 수 있었다. 그리고 그것들을 종합하여 겉보기엔 저자의 싸움꾼 같은 움직임으로 수준 높은 신공을 펼쳐내곤 했었다.

그것은 이른바 형을 잊는다는 단계로, 가장 효율적인 움직임을 취하다 보면 자연히 단 하나의 길만 남는다는 원리에 근거하고 있었다.

상대와의 간격과 각도에 따라 목표 타격 지점이 정해지면 내 손이 거기 닿을 수 있는 가장 빠른 길은 오로지 하나가 있을 뿐이니 형은 별다른 의미가 없다는 뜻이었다.

그러나 그동안 마교 교주 동악율의 움직임을 되짚어보고, 곱씹어보기를 반복하던 진평은 그보다 높은 경지에 대해 조금씩 눈을 떴다.

형을 잊는다는 것은 그 자체로 이미 하나의 형을 이룬다는 깨달음을 얻게 된 것이다.

진평의 생각은 거기에서 한 걸음 더 나갔다.

형을 잊은 이후에 새로운 형들을 만들기 시작한 것이다. 겉보기엔 형을 잊기 전과 다를 바가 없지만 내용은 달랐다.

단지, 아직 몸이 완전하지 않아서 시험해볼 수는 없지만, 적어도 머릿속으로는 수백, 수천 가지의 초식과 이론들이 종횡으로 얽히고 있었다.

어쩌면 몸을 자유로이 움직일 수 없는 게 무공 이론에 대해 깊이 사색하기에는 더 좋은 조건이라는 생각도 들었다.

파양채에 도착한 진평과 홍패는 대대적인 환영을 받았다.

채주 홍원승과 부채주 등청, 황포괴 당원정이 거듭 축하주를 따라주었다.

일전에 마교에 덜미 잡힐 뻔했던 홍원승을 구원해준 일도 있고, 홍패가 채주의 이복동생이기도 하거니와, 호림공 진삼이 마교 교주를 쓰러트렸다는 소문이 이미 장강에 파다하게 퍼져 있었다.

호림공 진삼이 장강의 파사대협이란 사실은 수로맹 식구들 모두가 다 알고 있는 얘기였다.

진평은 수채 두령들이 연이어 초청하는 연회에 사흘을 내리 참여했지만 예전처럼 술을 마실 수는 없었다.

홍원승이 그에게 말했다.

"제가 아는 한적한 동부(洞府)가 하나 있습니다. 그곳에 가서 운공요상을 하시렵니까?"

"그렇게 해주겠나? 술을 앞에 놓고도 맘 놓고 마시지 못하니 나도 죽을 맛이군."

"알겠습니다. 내일 아침 떠나실 수 있도록 모든 준비를 해 놓겠습니다."

진평이 그에게 물었다.

"혹시 마교에 대한 소식은 들은 것 없나?"

"요즘 절강성과 복건성에서 심상치 않은 움직임들이 감지된다고 합니다."

"그들이 그쪽으로 간 건 분명한 사실인가 보군."

"마교에 대한 소식이라면 아무리 작은 것이라도 빼놓지 않고 모두 모아놓도록 하겠습니다."

"부탁하네."

진평 일행 네 명은 다음날 파양채에서 마련해준 배를 타고 호수를 가로질러 늪지 깊숙이 들어갔다.

*　*　*

설가영이 여산 포구에 도착한 것은 진평이 떠난 지 닷새나 지난 뒤였다.

그녀는 즉시 만금전장으로 달려갔다.

"멈춰라!"

"웬 놈이냐!"

문을 지키던 건장한 사내 두 명이 앞을 가로막았다.

잠시 당황한 설가영은 자기가 지금 변장 중이라는 사실을 그제야 떠올렸다.

예전에 파양채에서 머문 적이 있지만, 그때와 지금은 같은 남장이라도 얼굴 생김새가 달랐다.

"장주님을 뵈러 왔소."

문지기 사내들은 설가영을 위아래로 훑어보았다.

"네놈 따위가 뭐라고 우리 형님을 찾는단 말이냐?"

허름한 차림새에 무표정해서 멍해 보이는 얼굴이 너무나 평범한 인상이라 두령과 연관이 있을 것 같지 않았던 것이다.

"파사형님의 전갈을 가지고 왔습니다."

설가영의 말에 문지기들이 껄껄 웃었다.

"하하하! 요놈이 맹랑한 거짓말을 하는구나."

"파사대협은 이미 수채에 계신데 무슨 전갈을 할 게 있다고 따로 사람을 보낸단 말이냐."

설가영은 드디어 진평을 찾았다는 사실에 크게 기뻤다.

문지기 사내 두 명은 서로 눈짓을 교환한 후 설가영을 좌우로 에워쌌다. 파사를 사칭하여 두령을 만나고자 한 건 좋은 의도라고 보기 어려우니 잡아서 문초를 할 작정이었던 것이다.

"어이, 이러지 마. 우린 같은 편이야."

설가영은 그들과 손을 섞고 싶지 않았다.

그러나 문지기 사내들은 양쪽에서 동시에 와락! 달려들어 그녀를 잡으려 했다.

설가영은 가볍게 허리를 틀어 피하며 둘의 소매를 잡아당겼다. 두 사내는 빠져나오려 했지만 그녀의 당기는 방향과 힘이 절묘하여 결국 꽝! 소리와 함께 머리끼리 박치기를 하고 말았다.

벌러덩 자빠진 그들은 비틀거리며 일어서는가 싶더니 곧바로 호각을 꺼내어 불었고, 그 소리를 들은 사내들 십여 명이 장원 안쪽으로부터 달려나왔다.

설가영은 그들과 다툴 생각이 없었다.

"잠깐만 내 말을 들어주십시오!"

그러나 만금전장의 수적들은 말보다 주먹이 앞서는 자들이었다. 다짜고짜 몰려들어 설가영을 공격했다.

설가영은 경공술로 몸을 피할까 하는 생각도 했지만, 그러면 파양채까지 안내를 받을 수 없었다.

그러다가 누군가의 주먹에 어깨를 한 대 맞고 나니 그녀도

화가 났다.

"내가 말로 하자고 했지."

설가영은 검을 뽑지 않고 검집째로 사내들의 요혈을 찌르기 시작했다. 수적들의 무공도 맹탕은 아니었지만 설가영이 펼치는 검술은 상승 무공인지라 오래지 않아 모두 바닥에 나동그라지고 말았다.

설가영이 바닥을 기는 그들에게 말했다.

"나를 장주에게 안내해."

호된 맛을 봐서인지 수적들은 그녀에게 길을 열어주었다.

하지만 중정에 들어서는 순간, 설가영은 한숨을 내쉬었다.

수십 명의 사내들이 이번엔 무기를 들고 미리 진을 친 채 기다리고 있었던 것이다.

싸워야 하나 피해야 하나 망설일 때 반가운 얼굴이 보였다. 바로 만금전장의 장주이자 파양채의 세 번째 두령인 황포괴 당원정이었다.

설가영은 얼른 아는 체를 했다.

"당형님! 저 홍구입니다! 기억나시죠?"

"홍구?"

"그러니까, 파사형님과 함께 왔던 그 아우 말입니다."

당원정은 살기 가득한 눈빛으로 설가영을 노려보았다.

부하들 여럿이 다쳤다는 보고를 받은 터라 잔뜩 화가 나 있는 상태였다.

설가영은 그런 그의 표정에 놀랐다.

진평과 함께 왔을 때는 마냥 사람 좋은 호인으로만 보였는데, 지금의 인상은 과연 수적 두령답다 할 수 있었다.

당원정은 손짓으로 부하들의 무기를 일단 내리게 했다.

그리고 설가영에게 말했다.

"내가 아는 홍구의 얼굴이 아닌데."

"아! 그건 변장을 해서 그렇습니다."

설가영은 속으로 다짐했다. 적어도 정해진 얼굴 몇 개는 세월이 지난 뒤에도 똑같이 다시 만들 수 있도록 그림을 그려 놓아야겠다는 생각이 그것이었다.

"그렇다면 면구를 벗어라!"

"그건……."

면구를 벗으면 자기 본래 얼굴이 나오는데, 그 얼굴은 수로맹의 그 누구도 본 적이 없었다. 설가영은 다른 방법을 통해 사실을 확인시켜주기로 마음먹었다.

"지난번 홍채주님이 마교 운중자의 수법에 걸려들어 고생하실 때 파사형님과 제가……."

설가영이 지난 일을 상세히 얘기하자 당원정의 눈빛에서 살기가 사라지고 대신 얼굴 가득 미소가 돌아왔다.

"정말 그때 그 아우로군! 하하……! 반가워."

무기 든 부하들은 물러가고 당원정은 그녀를 객청으로 들어오게 하여 자리를 권한 후 물었다.

"왜 형님과 따로 온 거지?"

"그럴 일이 좀 있었습니다."

"미리 통지했으면 좋았을 것을."

"수하들 일은 죄송합니다."

"하하! 아냐. 맞아야 단련이 되는 법이거든."

설가영은 살짝 미소 지은 후 말했다.

"파사형님을 만나고 싶은데 파양채로 들어가는 배편을 좀 마련해주시면 안 될까요?"

"형님은 파양채가 아닌 다른 장소에 있어."

"그게 어딥니까?"

"그 위치는 큰형님만 알아. 일단 파양채까지 가는 배를 준비해주도록 하지."

"부탁합니다."

당원정은 부하들을 불러 배를 준비하도록 하고 그동안 설가영에게 요깃거리도 가져다주도록 했다.

그때 부하들 서너 명이 달려와 당원정에게 말했다.

"장주님. 만옥루에서 무림인들이 말썽을 부리고 있습니다."

"뭣이라고?"

만옥루는 만금전장과 이어져 있는 주루였다.

당원정은 설가영에게 계속 음식을 먹고 쉬고 있으라 한 뒤 칼을 찾아 들고 부하들을 따라나섰다.

만옥루와 만금전장은 원래 따로 떨어져 있는 건물이었지만 만금전장이 돈을 벌면서 접해 있는 건물들을 사들인 후 담에 문을 내어 지금은 전체가 이어져 있었다.

당원정이 도착해 보니 마당엔 온통 수하들이 나뒹굴고 있었는데, 설가영에게 덤볐던 부하들과는 달리 베이고 찔려 피를 흘리는 자가 한둘이 아니었다.

당원정은 분노했다.

"웬 놈들이 감히 이런 짓을 했느냐! 이러고도 여산 땅에서 살아 나갈 수 있을 것 같으냐?"

주루로 통하는 문이 활짝 열리며 십여 명의 사내들이 모습을 드러냈다. 그들은 피풍을 걸치고 저마다 검이니, 도니, 창이니 하는 무기를 들었는데 기세가 예사롭지 않았다.

당원정은 칼을 뽑아 그들을 겨누며 물었다.

"사내라면 정체를 밝혀라!"

무사들이 좌우로 갈라서면서 한 남자가 앞으로 걸어나왔다. 그는 맨손이었다.

"네가 이들의 우두머리인가?"

당원정은 침을 꿀꺽 삼켰다.

단지 상대와 마주 섰을 뿐인데 오금이 저릴 정도로 강한 압박감이 느껴졌기 때문이다. 이 정도 고수라면 단순히 술에 취해 야료를 부린 거라고 볼 수 없었다.

당원정은 왼손을 등 뒤로 하여 손가락 두 개를 구부렸다 폈다 해 보였고, 그걸 본 수하 한 명이 은밀하게 빠져나갔다.

수채에 지원을 요청하라는 신호였던 것이다.

당원정은 칼을 쥔 채 포권을 한 후 물었다.

"제가 이곳의 관리를 맡고 있는 당모라고 합니다. 귀하의 존성대명을 알려주시겠습니까?"

갑자기 변한 태도에 사내는 냉소를 지었다.

"흥! 난 장지균이다."

당원정은 깜짝 놀랐다.

"장지균이라면, 무림맹 뇌전대에 속해 이번 정사대전에서 숱한 공적을 세운 바로 그 장대협이란 말씀이십니까?"

장지균은 고개를 끄덕였다.

성왕부에서 진평을 놓친 그는 진평이 평소 장강을 거점으로 활동했다는 사실을 알기에 수로맹 수적들이라면 혹시라도 그에 대한 정보를 가지고 있지 않을까 하여 수채 중 하나를 찾아가 물어볼 작정이었다.

그러나 장강의 수채는 가고 싶다고 해서 아무나 접근할 수 있는 곳이 아니었다.

그래서 파양채와 연관이 되어 있다고 소문난 만옥루부터 비벼본 것이었다.

당원정은 상대가 자기 능력으로 어쩔 수 있는 수준이 아님을 알아차리고 태도를 더욱 공손히 하였다.

"장대협의 신위는 이곳 여산에서도 천둥소리처럼 듣고 있었습니다. 뵙게 되어 참으로 영광입니다."

장지균의 표정이 약간 풀렸다.

당원정이 물었다.

"그런데 무슨 일로 이렇게 화가 나셨습니까? 마음에 안 드시는 일이 있었다면 제가 모두 고쳐서 새로 해 드릴 테니 안으로 들어가시지요."

장지균은 손을 내저었다.

"그럴 필요는 없다. 내가 여기 온 것은 호림공의 행적을 알고 싶어서다. 거기에 대해 들은 바 있나?"

당원정은 눈을 동그랗게 뜨고 어리둥절한 표정을 지었다.

"호림공이라면…… 숭산에 계신 거 아닙니까?"

장지균은 고개를 가로저었다.

"그는 조용한 곳을 찾아가 정양하겠다고 하여 소림사를 떠났다. 그 후에 내가 진귀한 영약을 구하게 되어 전해주고 싶은데 도무지 찾을 수가 없으니 안타깝기 짝이 없구나."

"영약을 구하셨다고요?"

"그렇다. 호림공의 내상을 말끔히 치유할 수 있는 영약이다. 나도 그것을 먹고 완치되었으니 효과는 믿을 수 있다."

당원정은 속으로 중얼거렸다.

'나더러 그 말을 믿으란 말이냐?'

그러나 겉으로는 티를 내지 않고 말했다.

"영약이란 것은 평생 한 번도 먹어보지 못하는 경우도 흔한데, 그걸 동료에게 주겠다고 천 리 먼 길을 마다 않고 오셨으니, 장대협의 의기가 가히 하늘을 찌를 듯합니다."

장지균은 살짝 눈살을 찌푸렸다.

"호림공의 행적을 아는가?"

"저희들이 어찌 그걸 알겠습니까."

"그가 예전에는 장강을 오르내리며 면포 장사를 했다고 들었는데. 너희들이라면 뭔가 들은 게 있지 않겠느냐."

당원정은 고개를 가로저었다.

"면포 거래는 대부분 항주 인근에서 이루어집니다. 여긴 너무 멀지요. 적어도 남경 동쪽으로 가서 알아보시는 게 좋을 겁니다."

장지균은 말없이 당원정을 노려보았다.

자기가 대상지를 잘못 짚었다는 생각이 드는 건 사실이었다. 하지만 배를 타고 남경으로 가기 전에 확인하고 싶은 게 있었다.

이들이 정말 진평에 대해 모르는가 하는 것이었다.

진평 정도의 무공을 지닌 상인이 장강을 오르내렸다면 장강의 주인인 수로맹과 어떤 식으로건 접촉이 있었다고 보는 게 타당했다.

"그렇다면 일단 남경으로 가봐야겠군."

"그렇습니다."

순간, 장지균의 몸이 화살처럼 튕겨져 나와 오른손으로 당원정의 목덜미를 움켜쥐었다.

그러나 당원정도 긴장을 풀고 있었던 게 아니라서, 상체를 뒤로 젖혀 피하며 칼을 휘둘러 장지균의 손목을 베어 갔다.

동시에 파양채 식구들과 장지균의 부하들도 싸움을 시작했다.

그 광경을 멀리서 지켜보는 눈이 있었다.

바로 설가영이었다.

당원정은 따라오지 말라고 했지만 혹시나 도울 일이 있을지도 몰라서 뒤를 밟았다가 장지균을 발견한 것이다.

설가영은 그들의 대화를 통해서 동창이 진평을 해치려 한다는 사실을 짐작할 수 있었다.

한때 뇌전대에서 어깨를 나란히 하고 싸우던 장지균에게 그 일을 맡겼다는 게 과연 동창답다고 할 수 있었다.

설가영은 검 자루를 꽉 움켜쥔 채 망설였다.

장지균과 당원정의 대결은 이미 승부가 난 거나 마찬가지였다. 당원정은 칼을 들었고 장지균은 맨손이지만, 무기의 유무는 승부의 결과에 아무런 영향도 끼치지 못했다. 당원정의 칼은 몇 수만에 길을 잃고 있었다.

부하들끼리의 싸움은 그나마 백중세였다. 동창 무사들의 직급이 낮은지 수적들을 압도적으로 제압하지는 못했다. 그러나 두령이 잡힌다면 그걸로 끝이라고 할 수 있었다.

설가영이 망설이는 바는 나가서 당원정을 도울 것이냐 말 것이냐 하는 것이었다.

자기가 나선다고 해서 장지균을 이길 가능성은 없었다. 그동안 검술에 큰 진전을 보았다고는 해도 상대는 구파일방의 장문인도 간단히 제압해버리는 절정고수였다.

그러나 진평의 의제 중 한 명이 당하는 걸 보고만 있는 것도 못할 짓이었다.

'형님이라면 어떻게 하실까?'

그렇게 생각하자 답이 보였다.

마교 교주에게 안 되는 걸 알면서도 최선을 다해 온몸을 던진 사람이 바로 진평이었다.

설가영은 심호흡을 한 차례 했다.

스스로 협객이 되겠다고, 삼도천이 되겠다고 다짐을 했었는데 지금 같은 상황에 등을 보인다면 자신을 용서할 수 없을 것 같았다.

"멈추어라!"

그녀는 검을 휘두르며 싸움에 뛰어들었다.

장지균은 서너 걸음 뒤로 물러섰다.

설가영의 검초들이 날카롭기 그지없었기 때문이다.

그러나 적중된 공격은 한 번도 없었기에 설가영으로서는 실망스러운 결과라고 할 수 있었다.

당원정이 말했다.

"여긴 뭐 하러 왔어!"

그는 이 싸움의 결과를 알고 있었다.

그러기에 설가영이 싸움에 끼어든 사실에 크게 놀라고 어떻게든 그녀를 돌려보내려 했다.

그것은 쉽지 않은 일이었다.

설가영은 혼신의 힘을 다해 장지균을 공격했고, 장지균 역시 본격적으로 실력 발휘를 시작했다.

그 광경을 보면서 당원정은 자신의 능력이 두 사람에 크게 못 미침을 절감하게 되었다.

그는 칼을 고쳐 쥐고 장지균의 배후로 돌아갔다. 어떻게든 이길 확률을 높이려면 자기가 도와야 한다고 생각한 것이다.

그러나 이 대 일의 싸움은 그리 길게 이어지지 않았다. 설가영의 검술이 결국 장지균에 미치지 못한 것이다.

벼락처럼 거리를 좁힌 장지균에 밀린 설가영은 한순간 점혈을 당했고, 당원정 역시 같은 신세가 되었다.

장지균이 큰 소리로 웃은 후 말했다.

"하하하! 너희들의 두령이 내 손에 떨어졌다. 이래도 계속 저항할 생각이냐?"

수적들은 손을 멈출 수밖에 없었다.

장지균이 바닥에 떨어진 당원정의 칼을 집어 들어 그 끝을 당원정의 목에 들이대며 다시 말했다.

"모두 무기를 버려라."

당원정은 그의 말을 듣지 말고 모두 달아나라고 외치고 싶었지만 점혈당한 상태라 말이 나오지 않았다.

수적들은 머뭇거리다가 하나둘씩 무기를 내려놓았다. 장지균은 흡족한 표정으로 당원정의 마혈을 풀어준 후 물었다.

"자. 이제 제대로 된 대화를 처음부터 다시 시작해보자. 호림공에 대해 알고 있는 것을 모두 얘기해라. 순순히 불지 않으면 네 체중이 조금씩 줄어들 것이다."

당원정은 악을 썼다.

"야! 이 개자식아! 그런 사람 모른다고 했잖아. 네가 무림맹 뇌전대원이면 다냐? 감히 어디 와서 행패를 부리는 거야!"

장지균은 냉소를 지었다.

"말로만 해선 안 되겠구나."

그러더니 대뜸 칼을 휘둘러 당원정의 귀를 잘라버렸다.

"끄아악……!"

당원정은 고통에 신음했다.

설가영은 쓰러져 있는 자기 얼굴 앞으로 툭! 떨어진 귀를 보며 겁을 먹지 않을 수 없었다.

공연히 나섰다가 죽음을 눈앞에 둔 꼴이 되고 보니 정사대전 이전에 진평이 자신을 북경에 머무르게끔 한 이유를 알 것 같았다.

하늘의 별만큼, 해변의 모래알만큼 고수가 많다는 게 강호무림이었다. 그런데 장지균의 실력이 어느 정도인지 뻔히 알면서도 나서서 헛되이 목숨을 버리게 되었으니 이건 협이 아니라 만용이요, 무지라 해야 옳을 것 같았다.

장지균은 당원정의 귀를 자른 후 다른 곳을 보고 있었다. 빙 둘러 서 있는 수적들 중에서 가장 겁먹은 표정을 찾는 것이었다.

마혈을 풀어주자마자 욕을 한 걸로 봐서 당원정에게서 진실된 정보가 나오려면 상당히 많은 시간이 필요할 거라 판단하고 좀 더 빠른 길을 찾는 것이었다.

수적들 중 겁에 질린 얼굴을 찾은 장지균의 입가에 미소가 번졌다. 그는 곧바로 몸을 날려 수적 한 명의 멱살을 움켜쥐어 끌어냈다. 워낙 민첩한 움직임이라 주위의 동료들도 그를 구할 수 없었다.

장지균은 그 수적을 바닥에 패대기친 후 칼을 들어 그의 뺨에 지그시 누르며 물었다.

"진삼에 대해 알고 있지?"

"저, 저는……."

끌려나온 수적은 겁에 질려 벌벌 떨면서 좌우를 둘러보았다. 당원정뿐만 아니라 다른 동료들 모두가 무서운 눈을 한 채 고개를 가로젓고 있었다.

그는 입맹 때의 맹세를 지켜야 함을 알고 있었다.

하지만 뺨이 칼에 잘리기는 싫었다.

그는 순간적으로 묘안을 떠올렸다.

"자, 잠시만 칼을 치워주십시오. 드릴 말씀이 있습니다."

장지균은 급할 게 없었다.

그가 칼을 치우자 수적은 검지로 설가영을 가리켰다.

“저자가 파사대협을 찾아왔으니 그의 소재에 대해서도 알 것입니다. 우리 수채에서는 모르는 일입니다.”

장지균의 시선이 설가영을 향했다.

당원정은 기가 막혀서 소리를 질렀다.

“지금 무슨 소리를 하는 거냐?”

겁쟁이 수적이 머리를 조아렸다.

“저, 저는 형제를 배반하지 않았습니다.”

설가영은 형제가 아니니까 괜찮다는 뜻이었다.

“이런 멍청한 놈!”

당원정은 이를 갈았다.

장지균은 흥미롭다는 표정으로 설가영의 뒷덜미를 잡아 일으켜 앉힌 후 그녀를 빤히 바라보며 말했다.

“그러고 보니 네 검술은 수적 나부랭이들과는 격이 달랐지. 무당의 제자인가? 가만있어봐라. 이게 뭐지……?”

장지균의 손이 그녀의 얼굴로 향했다.

격한 움직임 후 바닥에 쓰러지면서 면구 붙인 자리가 살짝 벌어져 있었던 것이다.

설가영은 그 손길을 피하고 싶었지만 점혈 때문에 꼼짝도 할 수 없었다. 결국 장지균에 의해 면구는 여지없이 뜯겨 나가고 말았다.

그녀의 본얼굴이 드러나자 마당 가득 탄성이 터져 나왔다.

허름하던 사내가 갑자기 절세가인으로 변한 사실에 다들 깜짝 놀란 것이다.

장지균 역시 놀란 표정으로 설가영의 뺨을 좌우로 돌려본 후 말했다.

"이건 진짜 얼굴이구나. 넌 누구이기에 진삼을 찾는 것이냐? 아! 혹시……."

그는 잠시 생각한 후 말을 이었다.

"네가 매삼랑이었느냐?"

소림사에서 진평 곁에 늘 그녀가 있었다는 사실을 기억해낸 것이다. 장지균은 대답을 듣기 위해 마혈을 풀어주었다.

설가영은 숨을 한 차례 몰아쉰 후 말했다.

"소림사에선 당신을 영웅호걸이라 생각했는데 지금 이게 뭐 하는 짓이죠? 당장 우리를 풀어주고 여기서 나가세요!"

"오호! 내 생각이 맞았구나."

장지균은 크게 기뻐했다.

혹시나 하는 마음에 당원정을 제압하여 정보나 좀 빼내 볼 생각이었는데 예상치 않게 진평의 동료를 사로잡았으니, 토끼를 겨누고 쏜 화살에 사슴이 맞은 격이었다.

그는 껄껄 웃은 후 설가영에게 말했다.

"내가 새로 구한 영약이 있어서 그에게 전해주려는 것뿐이니 안심하거라. 그가 지금 어디 있는지 아느냐?"

"흥! 동창의 앞잡이가 잘도 그러겠네."

장지균은 코웃음을 친 후 칼을 치켜들었다.

“코가 잘린 다음에 어떤 몰골이 될지 상상해본 적 있느냐?”

설가영의 안색이 창백해졌다.

슬쩍 장지균을 쳐다보니 그는 그 말을 실천하고도 남을 것 같은 표정으로 칼을 빙글빙글 돌리고 있었다.

설가영은 눈을 질끈 감았다. 코가 잘린다 해도 진평이 어디 있는지 말해줄 수는 없었다.

장지균의 목소리가 들려왔다.

“참 고운 얼굴인데 아쉽구나.”

바로 그때.

요란한 함성이 사방에서 일어나면서 수백 대의 화살이 바람 가르는 소리를 냈다.

설가영이 눈을 떠보니 눈앞의 장지균은 치켜든 칼로 날아오는 화살을 쳐내느라 바빴고 그의 부하들은 배와 등 가릴 것 없이 무차별적으로 날아드는 화살을 다 막아내지 못하고 쓰러져 죽어가고 있었다.

당원정의 연락을 받은 수적들이 한꺼번에 몰려와 담을 빙 둘러 모습을 드러낸 것이다.

뒤를 돌아본 장지균은 수하들이 모두 죽은 것을 확인하고 노갈을 터뜨렸다.

“네놈들이 감히!”

그는 분풀이로 당원정의 목을 내리쳤지만 칼은 중간에 가로막히고 말았다.

파양채 채주 홍원승의 칼이었다.

동시에 배후에선 등청의 칼이 소름 끼치는 파공음을 냈다.

장지균은 두 사람의 칼을 거푸 쳐냈다.

홍원승과 등청은 밀리지 않고 계속 협공을 가했다.

장지균은 미간을 찌푸렸다.

두 사람의 무공은 당원정과는 차이가 있었다.

특히 홍원승의 도법에선 상당한 깊이가 느껴졌다.

게다가 주위를 에워싼 채 간격을 좁혀오는 수적들의 손에 들린 물건들에 자꾸만 신경이 쓰였다.

접혀 있기는 하지만 갈고리가 달린 그물과 요구창 등이 보였는데, 그들의 무공이 보잘것없다 하더라도 사방에서 덮쳐오는 그물의 갈고리들 중 하나라도 옷에 걸렸다가는 큰일이었다. 그것으로 인해 행동이 둔해지고 그 위로 또 다른 그물들이 덮쳐져 꼼짝없이 잡힐 수도 있었다.

장지균은 곧바로 결단을 내렸다.

마음만 먹으면 수적 패거리 전체를 이 자리에서 몰살시킬 수도 있지만 운이 나쁘면 일이 꼬일 수도 있었다.

진평을 끌어내기 위한 최상의 미끼를 손에 넣었는데 공연히 운을 시험할 이유는 없다는 게 그의 결론이었다.

장지균은 칼을 몇 차례 크게 휘둘러 포위망을 물린 후 설가영을 어깨에 얹고 단숨에 만옥루의 담을 뛰어넘었다.

당원정이 다급하게 외쳤다.

"큰형님! 작은형님! 저놈이 납치해가는 사람은 파사형님의 의제입니다. 절대로 놓쳐선 안 됩니다."

홍원승과 등청은 크게 놀라 부하들에게 명했다.

"쫓아라!"

"절대로 여산을 빠져나가게 해선 안 된다!"

파양채 수적들은 함성을 지르며 장지균이 달아난 방향으로 추격을 시작했다.

제7장
떠다니는 얼굴

낡은 사당.

깊은 산 속으로 몸을 피한 장지균은 설가영을 바닥에 내려놓고 겨우 숨을 돌렸다.

지리를 잘 아는 무리에게 토끼몰이 당하듯 쫓기다 보니 몸도 마음도 지친 상태였다.

설가영이 말했다.

"지금이라도 늦지 않았으니까 날 풀어주세요."

"하하하! 그건 내가 할 말이다. 지금이라도 늦지 않았으니 진삼이 있는 곳을 얘기해."

"난 그가 어디 있는지 몰라요. 그래서 물어보기 위해 찾아온 거라고요. 어디 있는지 알았으면 진즉 합류했지, 왜 주루에서 얼쩡거렸겠어요?"

장지균이 물었다.

"그럼 파양채 수적들은 진삼의 소재를 알고 있나?"

"물어보기도 전에 납치되었으니 나도 그들이 아는지 모르는지 알 수 없어요. 그러니 날 풀어주세요."

장지균은 검지를 가로저었다.

"그건 안 되지. 넌 그를 끌어낼 소중한 미끼거든."

설가영은 가슴이 턱 막히는 느낌이 들었다. 어쩌다 자기 신세가 이 지경이 되었는지 한숨만 나왔다.

특히, 자기로 인해서 진평에게 위험이 닥친다면 스스로를 절대 용서할 수 없을 것 같았다. 만약 그럴 낌새가 보인다면 혀를 물어 자결하겠다는 결심까지 했다.

그런데 걱정할 일은 그것만이 아니었다. 그녀는 장지균이 자기를 힐끔거리며 본다는 사실을 알아차렸다.

'아! 지금 면구를 벗고 있지.'

그녀는 장지균이 환관이기를 간절히 바랐다.

그러나 동창의 구성원 중에 정작 환관의 수는 많지 않았다. 수뇌부의 몇 명, 그리고 궁 내부에서 밀정으로 일하는 인원을 제외하고는 거의 대부분이 보통 남자들이었다.

장지균 역시 마찬가지였다.

그는 설가영의 미모를 뇌리에서 지우기 어려웠다.

아무도 없는 심심산골의 폐사당.

더구나 점혈을 한 포로.

하지만 그는 마음을 다잡았다.

그것은 스스로에게 부끄러운 행동이기 때문이었다.

그리고 진평에겐 마음의 빚 같은 것이 남아 있었기 때문에 최소한의 도리는 지켜야 한다는 생각도 들었다.

장지균은 잡념을 떨쳐버리기 위해 가부좌를 틀고 운기조식을 시작했다.

설가영은 천지신명에게 간절히 빌고 또 빌었다. 그러다가 장지균의 태도 변화를 보고 안도의 한숨을 내쉬었다.

한참이 지나도 장지균이 미동조차 않자 설가영은 진기를 조금씩 움직여보았다. 혹시라도 점혈을 풀 수 있을지도 모른다는 희망에 시도해보는 것이었다.

그러나 점혈당한 혈도는 산사태에 묻힌 시냇물 같아서 어떠한 흐름도 이루어지지 않았다.

절망감에 한숨을 내쉰 설가영이 갑자기 숨을 몰아쉬었다. 눈앞에 웬 사내의 얼굴이 보였기 때문이다.

그녀가 비명을 지르려 하자 그 얼굴은 곧 사라져버렸다.

설가영은 방금 자기가 본 게 무엇인지 짐작조차 할 수 없었다. 추적자에게 들키지 않기 위해 불을 켜지 않은 실내의 조명이라곤 허물어진 천장을 통해 들어오는 약간의 달빛이 전부였다. 그런데 방금 본 얼굴은 달빛에 비친 것치고는 상당히 밝은

편이었다.

'도대체 그게 뭐였지?'

혹시 요괴일지도 모른다는 생각을 하자 모골이 송연해졌다. 설가영은 장지균 쪽을 보았다.

그는 아무 일도 없다는 듯 운기조식에 열중하고 있었다.

바로 그때, 얼굴이 다시 나타났다.

이번엔 설가영이 아니라 장지균의 앞과 뒤를 오가며 이리 살피고 저리 살폈는데 달랑 얼굴만 허공에 떠있을 뿐 손도, 발도, 몸통도 없었다.

설가영은 그것이 요괴임을 확신했다.

그렇지 않고 사람이라면 이렇게 가까이 다가왔는데 장지균 정도의 고수가 아무것도 느끼지 못하고 운기조식에만 열중하고 있을 리가 없었다.

설가영의 마음은 더욱 불안해졌다.

천지신명께 빈 덕분에 신장(神將)이라도 내려온 것이면 좋겠지만, 그 얼굴이 자신을 보는 눈빛은 결코 호의적이지 않았다.

정체불명의 얼굴은 장지균과 설가영을 번갈아 보다가 불현듯 사라져버렸다. 설가영은 그게 언제 어디서 다시 나타날지 몰라 계속 주위를 둘러보다가 밤을 꼬박 새우고 말았다.

인시(寅時)를 지날 무렵.

뚫린 지붕 너머로 보이는 하늘이 부옇게 밝아오자 장지균이 눈을 번쩍 뜨더니 가부좌를 풀고 일어섰다.

그의 얼굴은 분노로 일그러져 있었다.

운기조식을 마치고 다음 계획을 생각하다가 불현듯 부하들을 모두 잃었다는 사실을 떠올리고 분통이 터진 것이다.

아무리 직급이 낮은 번자들이라고 해도 명색이 동창인데 수적들에게 그토록 허망하게 당했다는 사실이 믿어지지 않았다.

파양채는 예전에 무림 고수의 침입으로 큰 위난에 처했던 경험이 있기 때문에 준비가 철저했다는 사실을 그가 알 리 없었다.

장지균은 생각에 잠겼다.

지원군을 요청하는 게 상식이지만 그랬다가는 당유량을 한 번 더 실망시킬 수도 있었다.

그는 마음을 고쳐먹었다.

동창의 영반이라는 자신의 직급을 최대한 이용해서 청성, 점창, 개방의 인원을 동원할 생각이었다.

그들은 무림맹 소속이고 자신도 뇌전대의 일원이니 대장의 내상 치료, 혹은 마교 잔당 색출이나 수로맹 토벌 등을 명분으로 내건다면 장강을 뒤지고 다닌다 해도 이상하게 보이지 않을 것이었다.

마음을 정한 장지균은 설가영을 어깨에 걸치고 단숨에 산을 내려가 강을 따라 달리다가 기슭에 매어져 있는 빈 배를 찾아 올라탔다.

선수에 팽개쳐진 설가영이 말했다.

"배를 훔치는 건가요? 동창이라면 녹봉도 많을 텐데 가난한 어부에게 너무 심한 짓을 한다는 생각 안 드나요?"

장지균은 냉소를 한 번 지었을 뿐 대답하지 않았다. 그러나 부끄러움에 낯빛이 살짝 상기되는 것은 어쩔 수 없었다.

결국 그가 입을 열었다.

"대의를 위해서는 살인도 불사하는데 하물며 배 한 척이 무에 그리 중요하겠는가."

혼잣말처럼 중얼거렸지만 설가영은 다 들었다.

"당신은 아무리 봐도 악인 같지 않아요. 다만 길을 잘못 들었을 뿐이지요. 저를 풀어주세요. 그러면 일생에 어떠한 오점도 남지 않을 거예요."

장지균이 삿대를 밀며 물었다.

"오점? 무슨 오점 말이냐?"

"당신은 형님이 부상당한 틈을 타서 죽이려 하고 있잖아요. 그게 떳떳한 사내대장부의 길인가요?"

장지균의 얼굴이 분노로 일그러졌다.

"넌 말을 너무 함부로 하는구나!"

설가영은 대꾸하려다가 입을 다물었다.

장지균의 표정이 심상치 않았기 때문이다.

지금 자신의 처지를 생각해볼 때 공연히 상대방의 심기를 건드려서 좋을 일은 없었다. 오히려 그를 칭찬해서 계속 정의감을 유지하도록 하는 게 필요했다.

설가영은 당분간 아무 말도 않기로 마음먹었다.

그러나 반 시진 만에 다시 입을 열었다.

그의 노 젓는 솜씨가 너무 형편없어서 참고 봐주기 어려웠던 것이다.

"물을 억지로 이기려 하면 안 돼요. 흐름을 타야죠."

장지균은 못마땅한 표정으로 설가영을 노려봤다.

안 그래도 눈으로 보던 것과 직접 하는 것 사이에 차이가 너무 커서 화가 나던 참이었다.

그는 노를 갑판에 팽개치고 설가영에게 다가갔다.

설가영은 불안감에 표정이 경직되었다.

바로 앞으로 다가온 장지균은 손끝으로 설가영의 턱을 치켜올렸다. 그리고 한참을 뜯어보며 말했다.

"참으로 빼어난 미색이로구나."

"당신, 무례하군요."

"후후…… 이왕 결례를 범했으니 좀 더 무례하게 나가볼까?"

장지균은 그녀를 답삭 안아 선실로 들어갔다.

낡고 냄새나는 담요 위에 뉘어진 설가영은 소리를 질렀다.

"지, 지금 무슨 짓을 하려는 거예요?"

"후후…… 곧 알게 될 거다."

설가영은 장지균의 두 눈이 욕정으로 이글거리는 것을 보고 온몸에 소름이 돋는 것을 느꼈다.

"장대협! 정신 차리세요. 당신에게도 자존심이란 게 있잖아요. 이렇게 쉽게 무너져버릴 건가요?"

자존심이라는 말에 장지균은 잠시 멈칫했다.

사실, 어젯밤 폐사당에서 욕정을 이길 수 있었던 것은 설가영의 얼굴이 어둠에 가려 잘 보이지 않아서였다. 밝은 대낮에 그녀의 얼굴을 보니 도저히 참을 수가 없었다.

"너는 죽여야 할 적의 계집인데 내가 뭐 하러 지켜주겠느냐. 살아 있는 동안은 미끼 역할을 충실히 할 테니까 죽이지만 않으면 마음대로 해도 되지. 흐흐흐……."

"제, 제발……."

"너무 아쉬워할 것 없다. 어차피 진삼은 여자보다 남자를 좋아하니까 말이다."

설가영은 절망했다.

강호가 험난하다는 사실은 알고 있었지만 자기 신세가 이렇게 될 거라고는 생각해본 적 없는 그녀였다.

'차라리 죽자.'

죽는 게 무서웠지만 진평과 성왕의 얼굴을 차례로 떠올리고 나니까 지금 눈앞에 있는 이 사내에게 치욕을 당하느니 차라리 그게 나을 것 같다는 생각이 들었다.

그때, 설가영은 깜짝 놀라고 말았다.

어젯밤 보았던 얼굴이 선실 천장에 다시 나타난 것이다.

어제와 달리, 이번엔 몸통과 손발이 모두 달려 있는 온전한 사람의 형상이었다.

장지균도 어제와 다른 반응을 보였다.

눈은 여전히 설가영을 내려다보고 있으면서 느닷없이 손을 뒤로 뻗어 기괴한 얼굴을 향해 일 권을 내뻗었다.

퍽! 소리와 함께 선실 지붕에 구멍이 뚫렸다.

"웬 놈이냐!"

욕정에 불타던 장지균의 눈빛이 어느새 냉정을 되찾고 있었다. 자기도 모르는 사이에 강상에 떠 있는 배에 제삼의 인물이 타고 있었으니 그도 놀랄 수밖에 없었다.

"키키키……."

탁하고 갈라진 웃음소리가 밖에서 들려왔다.

장지균은 밖으로 달려나가며 연달아 주먹을 날렸고, 그의 발이 갑판에 닿을 때마다 배가 심하게 출렁거렸다.

그러나 갈라진 목소리는 어느새 선수 쪽으로 옮겨가 있었다.

"키키키……. 웬만하면 그냥 두고 보려고 했는데, 내 물건을 건드리려 하기에 어쩔 수 없이 나섰지."

설가영은 뜻밖의 훼방꾼으로 인해 위급한 상황을 넘긴 데 대해 안도의 한숨을 내쉬었다. 그러나 의문의 목소리가 자신을 자기 물건이라 칭하자 다시 불안감이 엄습해왔다.

장지균이 호통을 쳤다.

"무슨 사술(邪術)을 부리는 것이냐! 사내라면 당당하게 모습을 드러내라!"

"내가 여기 있는데 찾지 못하는 것은 네가 장님이기 때문이지 내 잘못은 아니다. 키키키!"

장지균은 바짝 긴장했다.

보이지 않는 상대.

기도가 사방에서 느껴지기에 오히려 그중 어느 것도 실체라고 믿기 어려웠다.

어쩌면 말로만 듣던 환술(幻術)이 펼쳐진 듯한데, 문제는 상대의 무공 수준도 만만치 않다는 점이었다. 그렇지 않다면 자신의 연이은 공격을 피하는 건 불가능했을 것이었다.

당금 무림에 이 정도의 무공과 환술을 모두 보유한 사람이 누가 있는지 아무리 생각해봐도 떠오르지 않았다.

장지균은 극히 신중하게 발을 옮겨 디디며 상대를 찾으려 했다. 배가 좁기 때문에 찾을 수 있을 거라 생각했는데 선수까지 가도 상대의 존재는 감지되지 않았다.

"어디 있는 것이냐!"

대답이 없었다.

장지균은 혹시나 하는 생각에 선실 안을 들여다보고 깜짝 놀랐다. 설가영이 사라진 것이다.

장지균은 믿을 수 없었다.

정체불명의 괴인이 자신의 이목을 피해 몸을 숨기는 것만 해도 대단한데, 점혈당한 사람까지 감쪽같이 빼내갈 줄은 몰랐던 것이다.

그제야 떠오르는 이름이 있었다.

"삼목객(三目客)!"

그는 우내팔정의 일인으로, 환술의 대가로 알려져 있지만 문파도 전인도 없기에 그 실체를 아는 사람이 없었다.

장지균은 방금 조우한 자가 삼목객이라고 확신했다. 그가 아니라면 자신이 그렇게 허망하게 당할 리가 없는 것이다.

그는 즉시 돛대를 잡고 올라가 사방을 살펴보았다.

주변에 배는 한 척도 보이지 않았다.

하지만 물결의 흔적은 남아 있었다.

삼목객이 환술로 사람과 배를 모두 숨겨 달아난다 해도 그건 감출 수 없었던 것이다. 장지균은 흔적이 향한 방향을 가늠한 후 즉시 배를 그리 돌렸다.

설가영은 몸이 붕 떠올라 다른 배로 옮겨 타는 내내 장지균이 다른 곳만 찾는 것을 보고 놀라지 않을 수 없었다.

배가 멀어지는 동안에도 장지균은 자신이 있는 쪽을 한 번도 돌아보지 않았다. 그의 눈과 귀에 보이고 들리는 정황이 현실과 전혀 다른 게 분명했다.

진법 공부를 깊이 한 설가영은 기문진을 통해 그런 일이 가능하다는 사실을 알고 있었다.

하지만 좁은 어선 안에서 그런 기문진을 펼쳐내는 것은 불가능했다. 방금의 일은 기존의 상식과는 전혀 다른 수법이라고 보는 게 옳을 것 같았다.

설가영은 시선을 돌려 선미 쪽을 보았다.

어젯밤 사당에서 보았던 그 얼굴이 열심히 노를 젓고 있었다. 노 다루는 솜씨가 장지균과 매일반인 것으로 보아서 장강의 사람은 아닌 게 분명했다.

나이가 꽤 들어 보였고, 체격도 그다지 크지 않았는데 산발한 머리의 가운데가 휑하니 비어 있어서 요괴라기보다는 저자에서 흔히 만날 수 있는 노인처럼 보였다.

그가 갑자기 고개를 홱 돌려 설가영 쪽을 보았다.

설가영은 깜짝 놀라 얼른 시선을 피했다.

사내가 음산하게 웃으며 말했다.

"흐흐흐……. 정말 예쁘구나. 좋아! 아주 좋아!"

설가영은 기가 막혔다. 늑대를 피해 숨은 곳이 호랑이 굴이라는 생각이 들었다.

배가 갈대숲에 닿자 노인은 설가영을 어깨에 걸치고 땅으로 내려 한참을 달렸다.

아침까지만 해도 장지균에게 업혀 있었던 설가영은 두 사람의 경공술 차이를 체감할 수 있었다.

노인 쪽이 약간 부족한 것 같았다.

젊고 늙고의 차이가 아니라 내공의 차이로 느껴졌다.

그러나 술법이 그 정도로 뛰어나다면 무공 차이는 의미가 없을 것 같기도 했다.

마을 앞에 이르자 노인은 설가영을 내리더니 느닷없이 얼굴을 쓰다듬었다.

설가영은 그의 거친 손길에 깜짝 놀랐다.

그런데 노인의 목적은 설가영을 희롱하려는 게 아닌 듯했다. 얼굴에 얇은 막 같은 게 씌워졌기 때문이다.

거울을 볼 수 없으니 정확히 어떻게 되었는지는 알 수 없지만 본 얼굴이 가려졌다는 사실만으로도 안도감이 느껴졌다.

"말을 잘 듣겠다고 약속하면 혈을 풀어주마."

설가영이 조심스럽게 물었다.

"선배님은 누구신가요?"

"나? 나로 말하자면 본래 남해현(南海縣) 사람으로, 이름은 이첨승(李詹勝)이라고 한다."

설가영은 상대가 의외로 호의적이라는 사실에 약간의 희망을 가지게 되었다.

"그러셨군요. 저는……."

이첨승이 손을 내저었다.

"소개는 나중에 해라. 놈이 따라오는 것 같으니 일단 저 마을에 숨자꾸나. 걸을 수 있도록 해줄 테니 도망칠 생각하면 안 된다."

"알았어요."

설가영은 물론 기회만 되면 도망칠 생각이었다.

장지균으로부터 구해준 건 고맙지만 이 수상한 노인 역시 꺼림칙하기는 마찬가지였던 것이다.

이첨승이 설가영의 혈도를 찍었다.

"으음……."

"왜 그러느냐?"

"기혈이 순조롭게 흐르지 않아요."

여기저기가 막히는 느낌이었다.

이첨승이 중얼거렸다.

"어쩌다 이런 지독한 놈에게 걸렸을꼬."

장지균의 내공이 자기보다 깊기에 완전한 해혈이 불가능한 것이었다. 그는 설가영을 재촉했다.

"내가 부축해줄 테니 어서 가자! 놈이 언제 따라붙을지 모른다."

설가영은 비틀거리는 걸음으로 그를 따랐다.

그나마 일부분이라도 몸이 움직이는 게 다행이었다.

마을은 오가는 수레와 사람들도 번잡해서 두 사람의 행적을 숨기기에 좋았다.

설가영은 사람들 틈으로 달아날 마음을 먹고 진기를 운용해 보았다. 그러나 아직 경공을 펼칠 정도는 아니었다.

그녀는 운기에 힘쓰면서 다음 기회를 엿보기로 했다.

이첨승은 구석에 자리 잡은 허름한 객잔으로 들어가 방을 달라고 했다. 그리고는 방에 들어가자마자 지붕이며 벽, 창 등에 가느다란 실 같은 것들을 잔뜩 연결했다.

"키키키……! 이제 안심이다."

설가영이 물었다.

"선배님은 무얼 하는 분이십니까? 그리고 무슨 연고로 장지균과 저를 쫓아오셨습니까?"

"그 사내놈의 이름이 장지균인가?"

"그렇습니다. 동창 사람이지요."

"아! 어쩐지 세더라니……."

"혹시 동창과 척을 지셨나요?"

이첨승은 고개를 가로저었다.

"아냐. 난 동창이고 뭐고 관심도 없어. 오로지 너를 차지하기 위해서 따라온 것뿐이야."

설가영은 자기도 모르게 침을 꿀꺽 삼켰다.

얘기가 잘 통한다 싶었는데 갑자기 이렇게 노골적으로 속마음을 드러내니 당황스럽기 짝이 없었다.

설가영은 좌우를 살펴보았다.

검이 없으니 뭔가 비슷한 거라도 쥐어야 할 판이었다. 탁자의 다리를 부러뜨려 그걸로 싸워야겠다, 생각을 하고 천천히 진기를 모으는데 갑자기 이첨승이 검지를 가로저었다.

"공연히 소란 피울 생각 마."

"예? 제가 왜요?"

"시치미 떼도 소용없다. 내겐 네 생각이 훤히 보이니까."

"그, 그럴 리가요."

"왜 그렇게 긴장을 하고 있느냐. 난 너를 해치지 않을 거야. 마음 놓아도 돼."

그러면서 나름 안심하라는 의미로 미소를 지어 보였는데, 설가영이 보기엔 그 웃음이 오히려 음흉해 보였다.

결국 참다못한 그녀는 소퇴로 탁자 다리를 부러뜨린 후 그걸 움켜쥐어 노인을 공격했다.

"으아악!"

노인은 찌르기 한 방에 비명을 지르며 쓰러지더니 두 번 다시 움직이지 않았다.

너무나 쉽게 제압한 게 믿기지 않아서 설가영은 조심스럽게 그에게 다가가 내려다보았다.

살았는지 죽었는지 알 수가 없었다.

그때 옆에서 목소리가 들려왔다.

"맥을 짚어봐야 생사를 알지."

깜짝 놀라 고개를 돌려 보니 이첨승이 자기와 나란히 서서 바닥에 쓰러진 자신의 시신을 내려다보고 있었다.

"다, 당신!"

설가영은 곧바로 탁자 다리를 휘둘렀다. 그러자 퍽! 소리와 함께 이첨승의 머리가 깨져 바닥에 나동그라졌다.

설가영은 이번에도 너무나 쉽게 승부가 나서 눈앞에 펼쳐진 정경을 믿을 수 없었다.

'손에 분명 느낌이 왔었던 것 같은데…….'

아니나 다를까, 등 뒤에서 이첨승의 목소리가 들려왔다.

"손속이 아주 매섭구나. 마음에 들어."

설가영은 즉시 문을 향해 몸을 날렸다.

이 요괴 같은 노인과 더 상대해봤자 득 될 게 없다고 판단한 것이다. 그녀가 문을 열어젖히고 복도로 나가도 노인은 나서서 막지 않았다. 설가영은 얼른 객잔을 빠져나갈 생각으로 계단을 찾았다. 그러나 어찌 된 일인지 객잔 이층엔 계단이 없었다. 복도만 끝없이 이어져 있을 뿐이었다.

눈을 믿으면 안 되겠다 싶어 설가영은 잠시 마음을 정리한 후 주변 방위를 살펴보았다.

진법의 원리에 따라 생로를 찾고자 한 것이다.

그러나 가능한 모든 진법들을 떠올려 봤지만 어떤 것도 부합되지 않았다.

결국 그녀는 아무 문이나 열고 안으로 들어가 보았다.

그러자 이첨승이 그 방의 침상에 누운 채 손을 흔드는 게 보였다.

"어딜 그렇게 바삐 왔다 갔다 하느냐?"

설가영은 코웃음을 한 번 친 후 창을 향해 몸을 날렸다. 방을 벗어나기만 하면 더 이상 환영에 속지 않아도 된다 생각한 것이다.

얇은 나무들로 격자 모양을 만든 창문이 박살났고, 설가영은 낙법을 펼쳐 바닥에 내려섰다.

그녀가 고개를 들자 이첨승이 웃으며 서 있었다.

"경신공부도 제법이구나. 마음에 들어."

설가영은 좌우를 둘러보고 깜짝 놀랐다.

자기가 몸을 날려 이동한 곳은 바로 처음 탁자 다리를 부러뜨렸던 그 방이었다.

설가영은 한숨을 내쉬었다.

그리고 손에 쥐고 있던 나무다리를 바닥에 떨어트린 후 의자를 당겨서 앉았다. 이런 식으로는 백날 해봤자 빠져나갈 수 없다고 결론을 내린 것이다.

이첨승은 큰 소리로 웃었다.

"키키키! 게다가 현명하기까지 하구나. 위대하신 오르마즈드 신이시여 감사합니다! 드디어 제 기도를 들어주셨군요."

설가영이 가라앉은 어조로 물었다.

"이건 무슨 진법이죠?"

"진법이 아냐. 환술이지."

"당신 혹시 배화교도인가요?"

"음……. 난 그보다 현교(玄敎)라는 말을 더 좋아한단다."

설가영이 잠시 사이를 두고 물었다.

"날 어쩔 작정이죠?"

"그야 잘 가르쳐야지."

설가영은 미간을 찌푸렸다.

"뭘 가르친단 거죠?"

"교리."

"예? 뭐라고 하셨죠?"

설가영은 잘못 들었다고 생각했다. 교리는 화류계로 팔아넘기려 할 때 가르칠 과목이 아니었다.

이첨승이 정색을 하고 말했다.

"나는 불패의 태양신 미트라다. 너는 장차 다산의 여전사 신, 아나히타가 될 거야. 내가 모든 걸 다 가르쳐주마."

"자, 잠깐만요. 지금 무슨 말씀을 하시는 거죠?"

"무슨 말이긴. 우리 현교의 미래를 위해 네가 꼭 필요하다는 얘기를 하는 거다. 서쪽으로 가면 큰 호숫가에서 아나히타를 만날 거라는 신탁을 받고 나서 좀 당황했던 게 사실이야. 하지만 정말로 이렇게 만났으니 신의 뜻은 참으로 오묘하다 할 밖에."

설가영은 해괴한 술법을 부리는 이 노인이 어떤 종단의 고위 간부라는 사실을 알 수 있었다.

하지만 불패의 태양신이니, 다산의 여전사 신이니 하는 얘기는 아무리 들어도 미친 사람의 헛소리로만 여겨졌다.

그녀가 이첨승에게 물었다.

"당신이 무슨 여신인가를 찾으려고 한 거였다면 왜 내 외모에 대해서 자꾸 언급했던 거죠?"

"아나히타는 교인들이 가장 많은 성화(聖火)를 바치는 대상이야. 당연히 예쁘면 예쁠수록 좋지."

설가영은 고개를 가로저었다.

"구해주신 것은 고맙지만 저는 그 현교라는 것에 관심이 없어요. 죄송합니다."

그러자 이첨승은 안절부절못했다.

"그래선 안 된다. 내가 아나히타를 찾기 위해 얼마나 오랜 세월을 허송했는지 아느냐? 세상에 예쁜 여자는 많아. 그리고 다산의 상장이 될 만큼 큰 엉덩이를 가진 여인도 많지. 하지만 동시에 여전사라고 할 만큼의 무공을 지닌 여인은 한 명도 없었어."

설가영은 입술을 샐쭉거렸다.

골반과 가슴의 크기는 그녀의 자랑거리가 아니었기에 상대가 자신을 놀린다는 생각도 들었다.

"아미파라고 들어보셨나 모르겠네요."

"흥! 그 고리타분한 여도사들 중엔 마땅한 대상이 없어. 내가 평생을 찾아다녔다는 게 거짓말인 줄 아느냐? 아나히타를 찾으려고 아미파뿐만 아니라 벽라신궁(碧羅神宮)까지 갔었다. 하지만 결국 찾지 못했지."

"벽라신궁?"

그것은 들어본 적 있는 이름이었다.

설가영이 이첨승에게 물었다.

"선배님. 혹시 우내팔정을 아세요?"

"우내팔정? 그건 다 허명(虛名)이야. 사람들이 날 삼목객이라고 부르지만, 그건 나에 대해 전혀 모르고 붙인 별호지."

"아! 선배님이 우내팔정의 일원이셨군요!"

설가영은 놀라지 않을 수 없었다.

이첨승, 삼목객은 손을 내저었다.

"다 소용없는 얘기라니까. 내가 상통천문하고, 중통인의하고, 하달지리하는데다 미래도 좀 내다볼 줄 알고 주역에도 달통하긴 했어. 하지만 그딴 것들 다 합쳐도 내가 미트라인 것에 비하면 발톱 사이의 때만큼도 못 해."

설가영은 자기도 모르게 웃었다.

자기 입으로 자랑을 늘어놓는 게 우습기도 했고, 처음 가졌던 경계심도 많이 풀린 탓이었다.

"선배님이 정말 중통인의하고 주역에도 통달했다면 왜 장지균을 따돌릴 길을 찾지 않고 여기 숨어 있는 거죠?"

"그야 놈을 죽이기 위해서지. 키키키!"

삼목객의 눈빛이 순간적으로 기광을 발했다.

설가영은 그 눈빛을 보고 잠시 풀렸던 긴장감을 다시 조였다. 그가 비록 우내팔정 중 일인으로 꼽히는 전대 고인이긴 하지만 상태가 정상이라고 보기엔 좀 무리가 있었다. 알아듣기 어려운 페르시아 말을 해가며 자기를 여신으로 만들어주겠다고 하는 사람에게 신뢰를 가지기는 어려웠다. 그렇다고 계속 거절할 경우 어떤 반응을 보일지 예상하는 것도 불가능해서 방법을 좀 바꿔보기로 했다.

설가영은 일단 그와 친해지기 위해 자꾸 말을 걸었다.

"선배님의 별호는 왜 삼목인가요?"

"내게 미래를 내다보는 눈이 있다고 해서 사람들이 붙여준 거야. 하지만 아까도 얘기했듯이 난 그런 허명엔 관심 없다. 그리고 봐라! 난 눈이 두 개뿐이라고."

그는 손으로 이마를 걷어 보여주었다.

그때 밖이 소란스러워졌다.

점소이의 비명, 거칠게 계단을 오르는 소리, 문짝 부서지는 소리가 연달아 가까워졌다.

누군가 객실을 뒤지는 게 분명했다.

"잘 보거라."

삼목객은 씩 웃더니 품속에서 대나무로 만든 산가지 하나를 뽑아 손에 쥐었다.

잠시 후 쾅! 소리와 함께 문짝이 떨어져 나가더니 한 사내가 모습을 드러냈다.

그는 과연 장지균이었다.

"흥! 고작 숨은 곳이 여기냐!"

장지균은 거칠게 방 안으로 난입하며 주먹을 내뻗었다.

설가영은 탁자 다리를 집어 가슴 앞에 세우고 방어 자세를 취했는데, 장지균의 움직임이 이상했다.

그는 엉뚱한 방향을 향해 주먹을 뻗고 있었다.

두 눈의 초점이 뚜렷한 걸 보니 자기 딴엔 상대의 존재를 확신하는 모양인데, 정작 그가 주먹을 내뻗는 곳은 텅 빈 허공이었다.

그녀는 얼마 전 자기가 나무다리로 삼목객을 공격할 때도 이러했으리라 짐작할 수 있었다.

어선 위에서와는 다르게 객잔의 방엔 미리 준비를 했기 때문인지, 장지균은 한눈조차 팔지 않고 땀을 뻘뻘 흘리며 허공을 상대로 싸웠다.

장지균만한 고수가 현혹될 정도라면 환술을 펼치는 당사자는 굳이 고수일 필요가 없을 것 같았다.

삼목객이 슬슬 돌아가는 장지균의 등 쪽은 온통 허점투성이였다.

그의 뒤에 선 삼목객은 산가지를 들고 몇 번 겨냥을 하더니 장지균의 명문혈을 향해 힘껏 던졌다.

삼목객의 내공이 장지균에 비해 조금 떨어진다고는 하지만, 그것은 비교의 대상이 장지균이라서 그런 거지, 구파일방의 장문인 수준은 충분히 된다고 볼 수 있었다.

그런 그가 내력을 실어 던진 암기이기에 설가영은 장지균이 죽을 것을 믿어 의심치 않았다.

순간 쩡! 하는 금속음이 들려왔다.

"크윽……!"

장지균은 요혈에 박힌 암기의 충격에 비틀거리다가 한쪽 무릎을 꿇었다. 그러다 갑자기 몸을 날려 창문 밖으로 달아나버렸다.

환영인 줄도 모르고 눈앞의 상대와 싸우다가 등 뒤에서 전혀 예기치 못한 기습을 당하자, 이 싸움은 자기가 절대 이길 수 없다는 사실을 인정하고 즉시 목숨을 구한 것이다.

삼목객은 탄식을 토했다.

"옷 속에 갑주를 두르고 있었구나! 이럴 줄 알았으면 뒤통수에 박아 넣는 건데."

설가영이 창을 가리키며 물었다.

"저리 나갔는데 왜 이 방으로 되돌아오지 않는 거죠?"

"나갔으면 나간 거지 어떻게 돌아오겠느냐?"

"하지만 전 저리 나갔어도……."

"네가 그리로 나갔다고 생각할 뿐이었지."

"아……!"

설가영은 창가로 다가가 장지균의 흔적을 찾아보았다. 거리엔 부서진 창틀 조각들이 널려 있고, 어리둥절한 표정으로 올려다보는 행인들 몇몇이 눈에 띌 뿐, 장지균의 모습은 어디에도 보이지 않았다.

설가영은 긴 안도의 한숨을 내쉬었다.

무서운 자와 미친 자 중에서 일단 무서운 자의 위협은 끝난 것이다.

*　　*　　*

삼목객은 집요했다.

"네가 나를 만나 몸을 지키고 목숨을 구한 것은 다 하늘이 보살펴주셨기 때문에 가능했던 일이다. 자, 함께 천궁의 신 오르마즈드를 찬양하자."

"혼자 하시면 안 될까요?"

"안 돼! 너도 염치가 있다면 은혜에 보답할 생각을 해야지. 설마, 그냥 내뺄 작정은 아니겠지?"

기광을 발할 때의 눈빛을 생각하면 차마 속마음을 사실대로 말할 수 없었다.

"도망치지 않을 테니 걱정 마세요."

사실, 무공으로도 자신 없었고 환술에 현혹되어 방 안을 빙빙 돌던 경험도 다시 하고 싶지 않았다.

"자, 잘 보고 따라 해."

삼목객은 탁자 위에 등불을 켠 후 그 앞에 서서 옷매무새를 가지런히 하고 절을 했다.

"나는 오르마즈드를 찬미하고 악마들을 적으로 삼는 조로아스터의 신봉자임을 고백합니다."

그리고는 허리띠를 풀었다 다시 조였다.

자리에서 일어선 삼목객이 말했다.

"어때 쉽지? 이걸 하루에 다섯 번만 하면 돼. 너도 해 봐."

설가영은 하기 싫었다.

"허리띠는 왜 풀었다 조이신 거죠?"

"아! 이거? 이건 나오조트라는 입문식을 거쳐야 받을 수 있는 거야. 넌 아직 자격이 안 되니까 하지 않아도 돼."

설가영은 속으로 중얼거렸다.

'앞으로도 절대 받을 일 없을 걸요.'

삼목객이 재촉했다.

"어서 해. 기도문 잊어먹었어? 다시 불러줄까?"

"아, 아뇨. 전 현교에 대해 아무런 지식도 없으니까 아무래도 좀 더 배운 후에 하는 게 좋을 것 같아요."

불에다 대고 절하면서 이상한 나라 말을 중얼거리기는 싫다는 게 그녀의 솔직한 심정이었다.

삼목객은 입맛을 다셨다.

"딴은 그렇군. 그럼 공부를 먼저 하도록 하지."

"잠깐만요. 우선 제 얼굴에 씌운 이게 무엇인지부터 가르쳐 주세요."

설가영은 거울 앞에 가서 앉았다. 어떻게든 현교와 거리를 두고 싶어서 자꾸 다른 쪽으로 주의를 돌리는 것이었다.

얼굴에 덧씌워진 것은 가는 실로 짠 망사였다.

삼목객이 그녀 얼굴 앞을 손으로 가렸다가 치우며 말했다.

"별거 아냐. 변장할 때 쓰는 가면이라고 할 수 있지."

"어머나!"

설가영은 거울 앞에 갑자기 나타난 노인을 보고 깜짝 놀랐다. 망사를 바꿔 쓴 게 아닌데 전혀 다른 얼굴로 변해 있었다.

삼목객이 몇 차례 더 손바닥으로 앞을 가렸다 치우면서 말을 이었다.

"남녀노소 어떤 얼굴로도 바꿀 수 있지."

그가 남이라고 할 때는 건장한 사내 얼굴로, 녀라고 할 때는 중년 부인으로, 노라고 할 때는 노파로, 소라고 할 때는 남자아이로 얼굴이 바뀌었는데 망사를 쓰고 있는 당사자인 설가영은 얼굴에 닿는 어떠한 감각도 느낄 수 없었다.

정말 신기하기 짝이 없는 일이었다.

"선배님. 이거 저한테 주시면 안 될까요?"

면구 백 개보다 나을 것 같았다.

삼목객은 고개를 가로저었다.

"그건 아무 의미도 없어. 환술을 알지 못하면 그저 비단으로 짠 보자기에 불과한 거야."

"제게 환술을 가르쳐주세요."

삼목객이 반색을 했다.

"배우고 싶으냐?"

"예. 꼭 배우고 싶어요."

단지 변장술뿐만 아니라 장지균 같은 고수를 제압할 수도 있고. 자신의 진법 공부와 결합하면 훨씬 더 많은 변화를 만들어낼 수 있을 것 같았다.

삼목객도 가르쳐주고 싶어 하는 것 같으니 더욱 잘된 일이었다.

삼목객이 말했다.

"그럼 입교 의식을 준비하자꾸나."

설가영이 손을 내저었다.

"잠시만요. 입교라니요?"

"우리 교도가 아니면 경전을 볼 수 없다. 경전을 모르고는 환술에 입문조차 할 수 없지."

"그렇다면 좀 곤란한데요."

삼목객은 역정을 냈다.

"무슨 소리냐? 방금 환술을 배우겠다고 하지 않았느냐!"

설가영은 그의 기세에 움찔했다.

상대는 평범한 노인이 아니었다. 눈빛이 광기를 내뿜으면 어떻게 돌변할지 모르니 성미를 건드려서 좋을 일이 없었다.

"하지만 입교는 교리를 먼저 배운 다음이라고 말씀드렸잖아요. 선배님도 그게 옳은 순서라고 하셨고요."

그녀가 차분한 어조로 얘기하자 삼목객도 흥분을 가라앉혔다.

"그래. 우선 현교에 대해 알아야지."

삼목객은 차 한 모금으로 입을 적신 후 본격적으로 얘기를 시작했다.

"너는 세상 사람들이 고통 받고 괴로워하는 이유가 무엇이라 생각하느냐?"

"그야…… 힘 있고, 돈 있고, 권세 있는 자들이 약하고 무지한 백성들의 것을 함부로 빼앗아 가기 때문이죠."

삼목객은 고개를 갸웃거렸다.

전혀 예상하지 못한 방식의 대답이었기 때문이다.

설가영도 진평과 어울리기 전이었다면 세상을 그렇게 보지는 않았을 것이었다.

삼목객이 헛기침으로 목을 고른 후 말했다.

"세상에 불행과 죄악이 만연한 것은 악신 아리만이 있기 때문이다. 그가 바로 모든 어둠의 배후 조종자다."

"아르마…… 뭐더라. 어쨌든 그 신은요?"

"아르마가 아니고 오르마즈드. 그분이 바로 우리가 경배하고 찬양하는 천궁의 신, 빛의 신이시다. 이 세상의 시간에는 한정이 있어서 언젠가는 최후의 심판을 맞이하게 되는데, 그때 궁극의 승리를 차지하실 분이 다름 아닌 오르마즈드님이시다."

설가영이 조심스럽게 물었다.

"그 최후의 심판이라는 게 몇 년 뒤에 있는 거죠?"

"그건 아무도 모른다. 하지만 몇 년이 아니라 아주 오랜 세월이 흐른 뒤에 있게 될 거야."

"그럼 우리는 그전에 다 죽을 텐데, 현교를 믿어봤자 아무 소용도 없잖아요."

삼목객은 고개를 가로저었다.

"그게 아냐. 우리가 죽으면 육신은 썩어 없어지지만 혼은 영생을 하게 되는데 그것을 우리 현교에서는 프라바시라고 한다. 잘 기억해 둬."

"그럼 프라…… 가 된 상태로 최후의 심판 때까지 마냥 기다려야 하는 건가요?"

"아니. 일단 친바트라는 다리를 건너야 해. 그것은 이별과 심판의 다리로, 일생 동안 악신 아리만의 영향을 받아 지은 죄가 많다면 그에 따른 벌을 받고 오르마즈드를 충실히 섬긴 자들은 낙원으로 가게 되지."

설가영은 페르시아어로 된 이름들을 도무지 외울 수 없었다. 하지만 다리를 건너면서 선악을 판별하는 건 삼도천과 비슷하다는 생각을 했다.

"선배님은 태양의 뭔가라고 하지 않으셨나요?"

"불패의 태양 미트라. 그리고 넌 다산의 여전사 아나히타. 그들은 오르마즈드를 돕는 야자타라고 한다. 야자타는 신장(神將)이나 천사처럼 신에 준하는 능력을 가진 자를 일컫는 말이다. 중원의 문파에 대입하자면 장로나 호법에 해당하겠지."

"그럼 여러 호법들의 도움으로 천궁의 신이 악신을 무찔러 이기는 게 현교 교리의 근간인가요?"

"바로 그거야. 천궁의 신 오르마즈드는 불과 빛, 밝음을 상징하고 악신 아리만은 어둠을 상징하지. 그래서 우리는 불을 신성시하고 하루에 다섯 번씩 예배를 올리는 것이다."

설가영은 천천히 고개를 끄덕였다.

"불은 좋은 쪽, 어둠은 나쁜 쪽. 이해하기는 쉽네요."

"불만큼 성스럽고 순수한 게 또 어디 있겠느냐."

"그런데 그건 명교(明教) 교리하고도 비슷한 것 같은데요?"

"명교도 우리 교파의 한 갈래야."

"아! 그렇군요."

"우리 교리에다가 미륵불을 갖다 붙이고 마음대로 변형시켰지. 교도를 많이 모으기 위해 그럴듯하다 싶은 건 전부 도입했으니까."

몹시 못마땅한 표정이었다.

"선배님은 마교를 싫어하시나요?"

"싫다 뿐이겠어? 아주 이가 갈린다고. 내 은거지를 떠나온 것도 바로 그놈들 때문이거든."

"어디에 계셨는데요?"

"방안산(旁岸山)."

"방안산이라면, 절강성에 있는 건가요?"

"복건성이지. 내가 원래 추운 걸 좀 싫어해서 남쪽으로 내려와 자리를 잡고 있었지. 그런데 얼마 전부터 섭종유인가 뭔가 하는 놈이 복안현(福安縣) 일대로 패거리를 이끌고 다니면서 시끄럽게 하더니 요즘 들어 갑자기 그 기세가 커지지 뭐야. 그래서 장차 어찌 되려나 점을 쳐봤더니 난리가 난다는 점괘가 나온 거야."

"난리요?"

"알고 봤더니 정사대전에서 패퇴한 마교도들이 섭종유의 패거리와 합쳤다더군. 그래서 아! 이놈들이 여기까지 와서 내 수행을 방해하는구나 하고 나는 장차 어찌해야 하나 점을 쳐봤는데, 서쪽 커다란 호숫가에서 귀인을 만난다는 점괘가 나온 거야."

"그래서 여산에 오셨던 건가요?"

"그랬지. 중간에 수시로 점을 쳐서 방향을 잡았거든."

"와! 신기하네요."

머나먼 복건성의 방안산에서 여산 만옥루까지 어떻게 딱 맞춰 찾아와서 자신을 만난 것인지 놀랍기 그지없었다. 어쩌면 진짜로 자기가 현교의 호법 중 하나가 될 운명일지도 모른다는 생각까지 들었다.

그러나 설가영은 고개를 세차게 가로저었다. 그녀가 그리던 미래 중에 매일 불을 향해 절하는 모습은 없었다.

삼목객이 은근한 어조로 물었다.

"자, 이제 결정하였느냐?"

"글쎄요……."

삼목객은 답답하다는 듯 가슴을 쳤다.

"천궁의 신이자 광명의 신인 오르마즈드에게 자신을 봉헌하는 게 얼마나 복되고 가치 있는 일인데 자꾸 망설여? 일단 입교하면 환술도 배울 수 있다니까."

"혹시, 입교했다가 다시 나올 수도 있나요?"

삼목객은 눈을 가늘게 떴다.

"그건 왜 묻는 거지?"

"그냥 궁금해서요. 호호호!"

"일단 나오조트를 거치고 허리띠를 받으면 그건 평생 간직해야 해. 악신의 어둠으로부터 너를 지켜주는 갑옷이자 빛을 향해 나아가는 길잡이 역할을 하거든. 만약 중간에 교를 버린다면 허리띠를 잘라버리는 형벌이 내려지지. 그게 묶인 허리와 함께."

설가영은 끔찍한 얘기에 침을 꿀꺽 삼켰다.

"역시 입교는 신중하게 고려하는 게 좋겠네요."

삼목객은 안달이 났다.

"뭐가 문제인지 말해 보거라. 이젠 교리도 다 알잖아? 그리고 신도가 된 이후에도 별로 어려운 일은 없어. 성스러운 불 아타르가 꺼지지 않도록 잘 보호해야 한다는 것과 하루 다섯 번 절을 하고 기도문을 외우는 게 거의 다야."

"거의라고요?"

"축일과 금식일도 있긴 하지만 그건 일 년 중 며칠 안 돼. 하루 다섯 번 절하는 것도 습관만 들이면 아주 쉬워. 세끼 밥 찾아 먹는 것과 비슷하다니까."

설가영은 삼목객이 지나치게 매달리는 자세를 취하는 것을 보고 뭔가 이상하다고 느꼈다.

"만약에 제가 끝내 입교를 거절하면 어떤 일이 벌어지죠? 저를 죽이실 건가요?"

삼목객은 손을 내저었다.

"큰일 날 소리! 강제로 입교시키는 건 중죄야. 그런 일은 절대로 해선 안 돼. 어디까지나 본인이 원해서 들어와야만 해."

설가영은 미소 지으며 고개를 끄덕였다.

"일단 입교한 후에는 배교가 곧 죽음이지만, 입교 전에는 본인의 의사를 절대적으로 중시한단 말씀이군요."

"그, 그런 셈이지. 입교 전에는 경전을 볼 수 없으니까 상관없지만, 일단 경전을 읽고 나서 배교하는 건 용납이 안 돼."

"그렇다면 목숨이 걸린 일이니 좀 더 신중하게 생각해본 후에 결정해야겠어요."

"얼마나 더?"

"글쎄요. 한 일 년쯤?"

"뭐라고?"

삼목객은 풀썩 주저앉았다.

"그렇게 오랜 시간을 어찌 기다린단 말이냐."

"아나히타를 찾기 위해 평생이 걸리셨다면서요. 거기에 비하면 일 년은 아무것도 아니죠."

삼목객은 못마땅한 표정으로 설가영을 봤다.

성질 같아서는 두들겨 패서라도 그녀에게 입교 서약을 받고 싫었지만, 그건 불가능한 일이었다.

자기가 아무리 불패의 태양 미트라라고 해도 신탁에 의해 만난 아나히타를 그런 식으로 대할 수는 없었다.

설가영도 삼목객을 보며 머리를 굴렸다.

그가 보여준 환술들은 정말 대단한 것들이라 어떻게든 배우고 싶었다. 그러나 그것을 목적으로 거짓 입교를 하고 싶지는 않았다. 배교하면 죽음이라는 위협 때문이 아니라 양심이 허락하지 않는 것이다.

그녀가 바라는 바는 그를 가까이에 두고 질문을 통해 조금씩 환술의 비법에 대해 알아내는 것이었다. 교리를 배우고 싶다고 자꾸 말을 걸면 조금씩 새어나올 게 분명했다.

그녀가 삼목객에게 물었다.

"저를 찾은 이후에 어떻게 할 것인지 계획을 세워두신 것 있으세요?"

"점을 쳐 봐야지."

"점도 현교의 일부인가요?"

"아니. 이건 주역이야. 재미 삼아 공부한 거지."

"어쨌거나, 특별한 계획이 없다면 저를 따라오세요. 전 해야 할 일이 있거든요."

"무슨 일?"

"사람을 찾아야 해요. 아! 혹시 아나히타가 되려면 미혼이어야 하나요?"

"아니. 처녀가 어떻게 다산의 여신이 되겠어?"

"다산이라면 아이를 많이 낳아야 하는 건가요?"

"적어도 셋은 낳아야지."

설가영은 볼을 살짝 붉혔다. 진평과 아이 낳을 생각을 하니까 왠지 모르게 부끄러운 기분이 들었던 것이다.

삼목객이 산통을 꺼내어 흔들며 말했다.

"사람을 찾는 거라면 내가 도와줄 수 있지."

설가영은 미소 지었다. 자기를 찾아낸 걸 보면 그의 점술 실력이 대단하다는 건 알 수 있었다.

"그를 찾는 방법을 아니까 점은 필요 없어요. 우리는 일단 여산으로 돌아가야 해요."

"그전에 입교 문제에 대해 약조라도 좀 하면 안 될까?"

설가영은 양손을 허리에 얹고 꾸짖는 어조로 말했다.

"자꾸 보채지 좀 마세요! 현교가 정말 가치와 깊이를 지녔다면 제가 어련히 알아서 입교하지 않겠어요."

"허어……!"

삼목객은 탄식을 토했다. 생명의 은인에게 대드는 모습을 보니 기가 막혔던 것이다.

그러나 다른 한편으로는 아나히타가 되려면 이 정도 대담함은 있어야 한다는 생각도 들었다.

"좋다. 네가 입교할 때까지 평생 곁을 떠나지 않을 테니 구주팔황(九州八荒) 어디든지 가보자꾸나."

설가영은 그 말에 숨이 턱 막히는 느낌이 들었다.

삼목객이 그렇게 하겠다고 하면 자신에겐 막을 능력이 없었다. 진평조차도 그의 환술에는 속수무책일 가능성이 컸다. 삼목객이 평생 옆에 붙어 다닌다는 것은 정말 상상만 해도 끔찍한 일이었다.

그러나 설가영은 좋은 쪽으로 생각하기로 했다. 환술을 배우려면 그가 곁에 있는 게 나쁜 일만도 아니었다.

제8장 사랑을 확인하다

마을을 빠져나온 설가영은 삼목객이 배 묶어둔 곳을 찾아 나섰다. 그러나 그 배를 탈 필요가 없었다.

강상에 깃발을 단 배들이 바쁘게 오가는 게 보였기 때문이다. 파양채 수적들이 파사의 의제를 구하기 위해 장강을 온통 뒤지고 있었던 것이다.

설가영은 손을 흔들어 그들을 불렀다.

배가 가까워지자 삼목객이 경계하는 표정을 지으며 물었다.

"너 혹시 수적이냐?"

"아뇨. 저들과는 그저 친구일 뿐이에요."

"수적과 친구라……."

삼목개의 표정은 풀리지 않았다.

설가영이 물었다.

"수적과 어울리는 게 교리에 어긋나나요?"

"당연하지. 도적과 강도는 대표적인 악신 아리만의 패거리들이 아니겠느냐."

"제 생각은 좀 달라요. 저들은 조정의 관리나 지주들과는 달리 의리가 있는 걸요."

"어쨌거나 저들의 배에 타는 건 옳지 않아."

삼목객은 의외로 완강했다.

그의 눈빛이 변한 걸 본 설가영은 당황하지 않을 수 없었다. 계속 고집을 부린다면 파양채에서 숨긴 진평을 찾아가기가 불가능할 것이었다.

그때 한 가지 떠오르는 생각이 있었다.

"선배님. 점을 쳐보세요. 저 세 척의 배 중에서 어디에 타는 것이 가장 좋은지."

삼목객은 냉소를 지었다.

"흥! 탈지 말지부터 정해야지."

그는 산통을 이마에 대고 잠시 기도를 한 후 요란하게 흔들다가 가지 두 개를 번갈아 뽑았다.

"어디 보자. 오손풍에 육감수라. 이잉?"

설가영이 궁금한 표정으로 물었다.

"왜 그러세요?"

"수풍정(水風井)이면 우물가에서 두레박을 얻는다는 괘인데……."

"그거 좋은 뜻이죠?"

삼목객은 입맛을 다셨다.

"수적들의 배를 타는데 이런 괘가 나오다니. 도무지 이해할 수가 없군."

"그것 보세요. 수적이라고 해서 다 악신은 아니라고요. 앞으로도 제가 하자는 대로만 하면 일이 다 잘 풀릴 거예요. 호호호!"

두 사람은 수적들의 배에 올라타 파양호로 들어갔다.

수채의 선착장엔 연락을 받은 사람들이 잔뜩 몰려 있었다. 설가영은 그들 중에서 가장 반가운 얼굴을 발견했다.

바로 진평이었다.

의제가 납치된 사실을 숨길 수 없어 홍원승이 통지를 했고, 진평이 곧바로 달려나온 것이었다.

설가영은 맨얼굴이었다.

이미 만옥루에서 얼굴을 보였기 때문에 더 이상 변장을 하는 것은 실례라는 생각이 들어 굳이 면구를 쓰지 않기로 한 것이다.

선착장에 모인 수적들은 설가영의 본모습을 보고 다들 감탄을 금치 못했다.

허름한 뱃사람 옷을 입고 머리도 두건으로 대충 묶었지만 그것들은 그녀의 미모를 조금도 가리지 못했다.

배에서 내린 설가영은 곧장 진평을 향해 달려갔다. 진평도 그녀를 향해 달려갔고, 두 사람은 아무런 말 없이 와락! 서로를 끌어안았다.

수적들이 일제히 환호성을 내질렀다.

진평은 그녀에게 입맞춤을 했다. 설가영은 깜짝 놀라 몸을 떨었지만 곧 그에게 입술을 맡겼다.

수적들의 함성과 박수소리가 더 커졌지만 달콤한 첫 입맞춤에 취한 두 사람의 귀에는 아무 소리도 들리지 않았다.

진평은 그녀가 장지균에게 납치되었다는 소식을 듣고 성왕부에 혼자 남겨두고 온 것을 후회하고 또 후회하는 중이었다. 그녀가 곁에 없고 보니까 소중함을 더욱 절실히 느끼게 된 것이다.

설가영도 비슷한 심정이었다.

진평을 만나기 직전 음적에게 납치되어 몹쓸 짓을 당할 뻔했다가 풀려났기 때문에 지금의 상황이 너무나 고맙고 소중했다. 진평의 품에 안겼다는 사실이 기뻐서 다른 사람들의 시선은 신경도 쓰이지 않았다.

수백 명의 증인들 앞에서 서로의 사랑을 확인하는 지금, 이대로 시간이 멈추었으면 좋겠다는 생각뿐이었다.

얼마나 시간이 흘렀을까.

"어흠! 형님. 아예 이불까지 펼까요?"

홍패의 목소리였다.

진평과 설가영은 그제야 정신을 차리고 떨어져서 옷매무새를 바로잡았다.

홍패가 옆에서 키득거렸다.

"형님. 식도 올리기 전에 너무 심한 거 아닙니까? 히히!"

진평은 뭐라 대답할 말이 없어 설가영과 시선을 맞추고 흐뭇한 미소만 교환하고 있는데 삼목객이 끼어들었다.

"저자가 네 남편감이냐?"

사람들의 시선이 불손한 표정으로 눈을 부라리고 있는 노인에게 집중되었다.

설가영이 얼른 나서서 그를 소개했다.

"이분은 우내팔정의 일원으로, 강호엔 삼목객으로 알려지신 분이에요. 장가의 손으로부터 저를 구해주신 은인이기도 하고요."

우내팔정의 일인이라는 말에 못마땅한 눈빛으로 그를 노려보던 수적들의 얼굴이 일제히 경외감 가득 품은 표정으로 바뀌었다.

진평이 나서서 그에게 포권한 후 말했다.

"제 내자를 구해주신 선배님의 은공에 깊이 감사드립니다."

"어머!"

설가영이 함박웃음을 지었다.

진평의 입에서 내자란 말이 나온 게 너무 기뻤던 것이다. 하녀에서 시작하여 마침내 꿈을 이루었다고 할 수 있었다.

삼목객은 여전히 못마땅한 표정이었다.

"아나히타의 남편 될 사람의 몰골에 어찌 이리 병색만 완연하단 말이냐. 게다가 기혈의 흐름도 엉망이로구나."

설가영이 말했다.

"마교 교주와 싸우면서 내상을 입어서 그런 거예요. 원래부터 몸이 아픈 건 아니라고요."

"마교 교주? 그럼 혹시……."

"무림맹 뇌전대 대장 호림공 진삼. 장강에선 파사대협. 그게 내 낭군님의 본모습이랍니다."

설가영은 낭군이란 단어를 힘주어 말한 후 진평을 바라봤다. 진평은 미소로 화답했고, 설가영은 한없기 기뻤다.

"흐음……. 그 정도라면 당금 무림에서 손꼽히는 고수니까 아나히타의 남편감으로 손색이 없다고 할 수 있겠군."

삼목객은 고개를 끄덕이며 진평의 얼굴을 구석구석 자세히 뜯어보았다. 관상을 보는 것이었다.

"머리가 좋고 심지도 굳고, 운도 나쁘지만은 않군. 어디, 손바닥을 좀 보여주겠나?"

수상까지 본 그가 몹시 친근한 어조로 물었다.

"자네 혹시 천하에 횡행하는 불행과 고통의 원인이 무엇인지에 대해서 생각해본 적 있나?"

설가영이 얼른 끼어들었다.

"자! 여기서 이럴 게 아니라 일단 차라도 한 잔 마시면서 얘기하시지요."

삼목객이 자기에게 했던 수법을 써 진평을 호법으로 끌어들이려 하고 있으니 그걸 두고 볼 수만은 없었던 것이다.

홍원승은 손님들을 수채로 안내했고 대대적인 연회를 열었다. 설가영은 진평 옆에 앉아서 장지균에게 잡혀간 이후 지금까지 있었던 일들을 모두 얘기해주었다. 그리고 삼목객의 실력과 정체에 대해서도 가르쳐주었다.

진평은 소리 내어 웃었다.

"네가 기연을 얻었구나. 하하하!"

"농담하지 마세요. 전 죽을 맛이라고요."

진평은 자리에서 일어나 삼목객에게 술을 권하였다.

"구명지은에 감사하는 의미로 제가 술 석 잔을 올리고자 합니다."

삼목객은 손을 내저었다.

"나는 술을 마시지 않아."

"혹시 현교의 교리 때문입니까?"

"아니. 난 술에 취하면 꼭 실수를 하거든. 그래서 스스로에게 금주 명령을 내렸어."

진평은 술잔을 거두지 않았다.

"오늘 이 자리에 모인 사람들은 모두 가족이나 마찬가지인데 실수를 좀 하면 어떻습니까? 그리고 석 잔 술로 취해봐야 얼마나 취하겠습니까?"

삼목객이 코를 벌름거렸다.

"그, 그럴까?"

안 그래도 오랜만에 맡은 술 냄새에 뱃속의 술 벌레가 요동을 치는 중이었다.

"딱! 석 잔만 마시도록 하지."

그리고는 진평에게 술 석 잔을 받아 마셨다.

마지막 잔을 넘긴 후 혀로 자꾸 입술 핥는 모습을 보고 이번엔 파양채 채주 홍원승이 나섰다.

"평소 우내팔정의 명성을 들어왔지만 직접 뵌 것은 처음이니, 이보다 더한 광영이 없습니다. 우리 수채 전체에도 두고두고 얘깃거리가 될 홍복이니 주인인 제가 어찌 술을 아끼겠습니까. 제 잔도 받아주십시오."

이번엔 삼목객의 망설이는 시간이 짧아졌다.

"그럼 딱 석 잔만 받아볼까?"

홍원승은 부하들에게 손짓을 했고, 눈치 빠른 졸개 하나가 새 술잔을 가지고 왔는데 그 크기가 사발만 했다.

그걸 본 삼목객이 눈을 가늘게 뜨며 웃었다.

"네 이름이 뭐라고 했느냐?"

"예. 저는 이곳의 채주 홍원승입니다."

"아주 마음에 든다!"

"감사합니다."

홍원승의 술 석 잔을 모두 마신 삼목객은 점점 목소리가 커지고 손짓 발짓이 늘어난다 싶더니 홍원승에게 큰 소리로 물었다.

"술자리가 너무 적조하구나. 악공은 없느냐?"

"왜 없겠습니까?"

잠시 후 객청 한쪽에 악공들이 자리 잡고 앉아 음악을 연주하기 시작했다.

수적 소굴이지만 제법 격식을 차려 나팔 셋에 북이 하나, 고금이 둘, 운라가 하나, 생(笙)이 둘에 비파 셋으로 이루어진 대규모 악단이었고 음률도 몹시 유려했다.

흥이 도도해진 삼목객은 누가 시키지도 않았는데 일어나서 덩실덩실 춤을 추기 시작했다.

설가영은 그 모습에 웃음을 참을 수 없었다. 술을 마시면 실수를 한다는 게 바로 이 모습을 말하는 모양이었다. 그렇다고 큰 소리로 웃지는 못하고 입을 가린 채 키득거리는데 삼목객이 양손을 하늘로 뻗치며 말했다.

"혼자 추려니 심심하구나. 다들 나와라!"

순간 그가 허공으로 뿌린 것들이 화려한 광채를 발하며 사람으로 변했다. 그것도 보통 사람이 아니라 오색구름을 탄 선녀들이었다.

객청에 모여 있던 사람들은 다들 넋을 잃었다.

생전 처음 보는 절세 미모의 선녀 일곱 명이 하늘거리며 춤을 추는데, 그들이 동작을 취할 때마다 오색 무지개가 영롱하게 늘어지고 별가루가 떨어졌다.

여기저기서 눈을 비비는 사람이 한둘이 아니었다.

지금 눈앞에 펼쳐지는 광경을 보면서도 자기 눈을 믿을 수 없었던 것이다.

선녀들이 단지 춤만 추는 게 아니라 눈이 마주치면 자신을 향해 살살 눈웃음까지 치니, 꿈인지 생시인지 분간이 가지 않을 지경이었다.

놀라기는 진평 역시 마찬가지였다.

"저게 환술인가?"

설가영이 고개를 끄덕였다.

"장지균도 허공에다 주먹질을 하면서 전혀 눈치를 채지 못하더라고요. 저도 못 빠져나왔고요."

"굉장하군!"

삼목객은 일곱 선녀가 자기를 중심으로 빙글빙글 돌며 춤을 추자 흥이 도도해져서 연거푸 손을 뻗었다.

"나는 불패의 태양 미트라다! 키키키……!"

그때마다 선학(仙鶴)이며 도동(道童)들이 더해져서 객청은 일시에 무릉도원으로 변모하고 말았다.

삼목객이 좌우를 향해 말했다.

"너희들도 일어나! 같이 놀자."

수적들 모두 그 황홀경에 도취되어 있던 터라 하나둘 일어서서 춤판에 끼어들었다. 그동안 수없이 많은 날들을 술로 지새웠지만 오늘 같은 날은 처음이었다.

그들이 그러는 사이 진평과 설가영은 슬그머니 일어나서 밖으로 나갔다.

선녀들과 춤을 추는 것도 좋지만, 그들은 단둘만의 시간 갖기를 더 원했다.

그동안 속에 감춰두었던 감정들을 선착장에서의 포옹과 입맞춤으로 표출해서 좋긴 한데, 아직도 남은 것이 많이 있다는 느낌이었다.

그런데 둘만의 호젓한 시간을 방해하는 사람이 있었다.

바로 파양채의 셋째 두령 당원정이었다.

그는 졸개에게 나무 상자 하나를 들려서 진평과 설가영을 따라왔다.

진평이 그에게 물었다.

"무슨 일인가?"

"예, 형님. 일의 처리 상황을 보고하고 용서를 빌기 위해 왔습니다."

"무슨 용서?"

"형님이 아니라 형수님에게 빌 일입니다."

설가영은 혼례도 치르기 전에 듣는 형수님 소리가 좋아서 손으로 입을 가리며 웃었다.

당원정이 턱짓을 하자 졸개가 나무 상자를 열었다.

그 안을 들여다본 설가영의 얼굴에서 웃음기가 싹 사라졌다. 상자 안에 든 것은 바로 사람의 머리였다.

장지균이 협박을 할 때 자신을 파사대협과 아는 사람이라고 고자질했던 바로 그 겁쟁이 수적이었다.

설가영은 잠시 심호흡을 했다.

예전의 그녀 같았으면 우선 사람의 잘린 머리에 놀라고, 끔찍하다는 생각에 눈길을 돌렸겠지만 지금은 달랐다.

스스로 여협객이자 삼도천의 판관이 되겠다고 다짐한 이후 피나 주검 때문에 놀라는 일은 더 이상 없었다.

설가영은 겁쟁이 수적의 머리를 똑바로 바라본 후 고개를 끄덕였다.

그리고 당원정에게 말했다.

"쾌(快)하게 마무리해주셔서 고맙습니다."

당원정의 얼굴 가득 미소가 번졌다.

설가영이 사과를 받아준 게 기뻤던 것이다. 과연 파사대협의 아내가 될 자격이 있다는 생각도 했다.

설가영은 진평을 봤다.

그 역시 미소와 함께 가만히 고개를 끄덕여주었다.

당원정이 물러간 후 두 사람은 파양호가 내려다보이는 전망 좋은 절벽으로 올라섰다.

달빛 교교히 흐르는 호수를 배경으로 마주 선 후 진평이 말했다.

“아까 포구에서는 좀 당황스러웠지? 미안했어.”

수많은 사람들이 보는 앞에서 입 맞춘 일을 언급하는 것이었다.

자기도 왜 그랬는지 잘 이해가 가지 않았다.

다만, 그 당시엔 설가영을 다시 만났다는 사실에 가슴이 벅차올라서 다른 생각은 전혀 나지 않았었다.

설가영이 대답했다.

“미안해하지 마세요. 전 좋았어요.”

입맞춤의 짜릿함도 좋았지만, 그보다 더 좋았던 것은 진평의 사랑을 확인했다는 사실이었다.

진평의 미소가 짙어졌다.

“다시 한 번 해볼까?”

설가영은 살짝 고개를 숙이며 웃었다.

속으론 좋은데 그게 말이 되어 입으로 나오지는 않았다.

진평은 그녀의 턱을 들어 올린 후 천천히 입맞춤했다.

설가영의 입술은 촉촉하고 달콤하고 부드러워 이 세상 무엇과도 바꾸고 싶지 않을 정도였다.

두 사람의 호흡은 차츰 가빠졌다.

그리고 허리를 꼭 끌어안고 있던 진평의 손이 슬그머니 그녀의 엉덩이 쪽으로 내려갔다.

그때 어둠 속에서 홍패의 목소리가 들렸다.

“거기까집니다, 형님. 더는 안 됩니다. 히히!”

"으으……!"

진평과 설가영 모두 그를 노려봤다.

그러나 홍패는 개의치 않았다.

"형님의 내상이 전부 다 나을 때까지 합방은 절대 안 됩니다! 그리고 본혈방 방주님의 체통이 있지. 혼례도 올리기 전에 야합(野合)을 할 수는 없는 일 아닙니까?"

진평은 그의 훼방에 화가 났지만 듣고 보니 모두 맞는 말이었다. 당장 사랑을 확인했다는 사실에 기뻐서 너무 멀리까지 왔다는 생각이 들었다. 자기가 사랑하는 여인인 만큼 혼인 전까지 설가영을 아껴주는 게 옳은 일이었다.

진평이 홍패에게 말했다.

"걱정 마. 앞으로는 이런 일 없을 테니까."

"정말이십니까?"

"방주의 한마디니까 믿어도 돼."

순간 설가영이 아쉬운 표정을 지었다.

진평은 얼른 덧붙였다.

"이미 여러 사람 앞에서 했던 데까지는 다시 해도 되겠지."

홍패가 키득거렸다.

"그거야 뭐. 히히히!"

다음 날.

진평은 세 채주의 거듭되는 만류를 뿌리치고 동부로 돌아갔다. 설가영의 소식에 놀라 뛰쳐나오긴 했지만, 지금 그에게 있어서 가장 중요한 것은 내상의 치료였다.

그리고 무학에 대한 연구도 뭔가 실마리가 잡히는 듯해서 수적들과의 연회에 시간을 빼앗기기가 아까웠다.

홍패와 마충, 왕립. 거기에 설가영과 삼목객을 더해 여섯으로 늘어난 일행을 태운 배는 파양호의 구석 갈대숲을 지나 좁은 지류를 따라가다가 모래톱에 가로막혔다.

일단 모두 내린 일행은 배를 땅 위로 올려 얼마간 끌고 간 후 거기서 다시 좁은 수로에 배를 띄웠다.

배를 젓는 수채의 졸개는 두 명뿐이었지만 마충과 왕립이라는 든든한 하인이 있어 배를 옮기는 건 어렵지 않았다.

그렇게 한참을 가서 마침내 도착한 곳은 자그마한 섬이었다. 사방이 갈대숲과 좁은 물길로 둘러싸여 있어서 위치를 발견하기가 여간 힘들지 않았는데 막상 내려 보니 장소는 의외로 넓었다.

섬 한쪽엔 동굴이 있었다.

저절로 생긴 것은 아니고 사람이 흙을 파내고 안에 기둥을 대 만든 것 같았다. 그곳이 바로 진평이 운공요상하는 공간이었다.

수적 졸개가 말했다.

"필요한 물건이 있으면 말씀해주십시오. 모두 구해 오겠습니다."

설가영은 동굴 안을 살펴본 후 나와서 그릇이며 식자재들을 잔뜩 불러주었다. 진평이 다 나을 때까지 매 끼니 자신의 음식 솜씨를 최대한 발휘하겠다는 게 그녀의 계획이었다.

두 졸개는 그것들을 모두 외우느라 애를 먹었다.

한참이 지나 그들이 재료를 사오자 설가영은 두 팔 걷어붙이고 요리를 시작했다.

섬 가득 맛있는 냄새가 진동하자 부르지 않았는데도 모두 임시 주방 앞으로 몰려들었다.

설가영은 모두에게 넉넉히 돌아가도록 음식을 나눠주었다. 심부름을 한 수적 졸개들까지 다들 맛있게 먹었는데 설가영은 특히 진평이 맛있게 먹는 모습을 보고 가장 기뻤다.

그리고 식사량을 면밀히 관찰한 결과 그의 몸이 상당히 많이 나았다는 사실을 확인할 수 있었다.

날이 어두워지자 홍패는 진평의 연공실 앞에 가부좌를 틀고 앉았다. 진평이 다 나을 때까지 설가영을 만나지 못하도록 지키는 것이었다. 비록 진평이 다짐을 했다지만 남녀 간의 정이란 게 얼마나 끊기 어려운 것인지 잘 아는 그이기에 번병(藩屛)을 자처한 것이다.

진평은 그런 홍패의 노력을 고맙게 생각했다.

그가 문을 지켜주는 것이 끓어오르는 잡념을 없애는 데 크나큰 도움이 되었기 때문이다.

진평은 요즘 뭔가 잡힐 듯 말 듯한 문제에 골몰하고 있었다. 처음 시작은 형(形)을 버리는 것에 대한 고민이었지만 시간이 지날수록 그 경계가 모호해져서 뭔가 다른 것이 어른거렸다.
그것은 말로 형언하기도 어려웠고 모양을 가진 것도 아니었으며, 들리지도 않았고 만질 수도 없었다.
하지만 뭔가가 계속 간질거리는 건 분명했다.
진원지기 복원이 예상보다 오래 걸리는 것은 바로 그 무언가를 찾는 데 시간을 많이 빼앗기기 때문이었다.
운기조식 중에 잡념을 가지는 것은 위험하기 때문에 기식을 느리게 하여 명상하는 상태로 그 무언가를 잡으려 애썼는데, 눈을 떠보면 서너 시진쯤은 금방 흘러가 있기 일쑤였다.
진평은 미지의 존재를 알려는 노력이 과연 필요한 것인지, 진지하게 고민해보기도 했다. 일단 몸부터 낫고 보는 게 상식적으로 옳은 선택이라 할 수 있었다.
그러나 미지의 그 무엇은 단순한 호기심의 대상이 아니었다. 무공을 되찾는 것보다 더 중요할지도 모른다는 생각이 들 정도였다.
그렇게 꼬박 밤을 보내고 아침을 맞은 진평은 설가영이 정성 들여 차린 음식을 먹었다.
그 자리에서 설가영이 말했다.
"선배님이 절강에 계셨는데, 그곳에 본래 있던 도적 무리와 쫓겨 들어온 마교 무리가 연합하여 큰 세력을 만들었대요."
진평이 놀란 눈으로 물었다.
"그게 정말입니까? 선배님."

“키키! 그렇지 않다면 내가 왜 객지로 떠돌겠어. 섭종유가 광부들을 모아 떼거리로 몰려다닐 때만 해도 괜찮았는데, 마교도들이 합세한 이후로는 당최 시끄러워서 견딜 수가 있어야 말이지.”

진평은 깜짝 놀라 자리에서 벌떡 일어섰다.

“방금 뭐라고 하셨습니까? 섭종유라고요?”

“응. 도적떼의 수괴 이름이 섭종유지. 그런데 뭘 그렇게 놀라나? 아는 사람인가?”

진평은 섭종유를 만난 적이 있었다.

사촌 형 진감호를 찾아갔을 때 소개를 받았던 것이다. 만약 그가 마교와 손을 잡았다면 사촌 형도 연루되었을 가능성이 컸다.

안 그래도 만날 때마다 세상을 뒤집어보자고 충동질하던 사촌 형이 이런 기회를 그냥 놓치지는 않았을 것 같았다.

진평이 홍패에게 말했다.

“지금 당장 절강으로 가야겠다. 배를 불러!”

“형님, 진정하십시오. 갑자기 그게 무슨 말씀이십니까?”

“길게 설명할 시간이 없다. 당장 가야 해.”

홍패는 양팔을 활짝 펼쳤다.

“안 됩니다! 형님의 지금 몸 상태로는 아무 데도 보낼 수 없습니다.”

그의 표정과 어조는 단호했다.

그러나 진평의 의지 또한 확고했다.

"길을 비켜라."

그의 목소리가 낮게 깔리자 홍패는 침을 꿀꺽 삼켰다. 막아야 한다는 생각엔 변함이 없지만 진평이 정색을 하니까 입장이 난처하기 이를 데 없었던 것이다.

그걸 보고 설가영이 나섰다.

그녀는 나무 막대기 하나를 집어 들고 말했다.

"정 이 섬을 떠나고 싶으면 저를 이겨 보세요."

"뭐라고?"

진평은 어이가 없었다.

진심인가 싶어 다시 바라보니 설가영의 얼굴엔 웃음기가 없었다.

"예전에 저를 장원에 남겨둘 때 그러셨잖아요. 자기 몸 하나 지킬 실력도 안 되면서 따라오면 짐만 된다고. 형님도 이 섬을 떠나고 싶다면 저를 이겨서 우리에게 짐이 되지 않을 거라는 사실을 증명해 보이세요."

진평은 미소 지었다.

"그때 일에 대해 복수를 하겠다는 건가?"

설가영도 생긋 웃었다.

"뭐라 하셔도 좋아요."

진평이 다가서자 설가영은 나뭇가지를 허공에 한 바퀴 휘저은 후 서서히 자세를 낮추었는데 그 모습이 마치 꽃잎 위에 사뿐히 내려앉는 나비 같았다.

진평의 표정이 굳었다.

가벼운 마음으로 마주 섰는데 그녀가 내뿜는 예기는 결코 장난이 아니었다. 절정고수라 칭하기엔 무리가 있지만 상당히 근접했다는 사실을 확인할 수 있었다.

언제 이만큼 성장했는지 놀라지 않을 수 없었다.

진평은 자신의 내공을 점검해보았다.

진원지기의 손상이 거의 아물었고 기경팔맥의 진기 순환에도 무리가 없었다.

최고조일 때와 비교한다면 운용할 수 있는 진기의 양이 절반도 안 되지만 무수한 실전 경험을 지니고 있기 때문에 설가영과의 승부에서 질 거라는 생각은 들지 않았다.

하지만 그는 포기했다.

억지를 부리고 무리를 할 때가 아니라고 생각한 것이다.

"내가 졌다."

갑작스러운 선언에 홍패가 투덜거렸다.

"아……! 벌써 막내한테 쥐여 지내시는 겁니까? 제가 막을 때는 두 눈을 부릅뜨시더니."

설가영은 흡족한 표정으로 나무 막대기를 땔감 더미에 던진 후 말했다.

"잘 생각하셨어요. 지금 장강엔 무리를 이끌고 온 장지균이 혈안이 되어 형님을 찾고 있을 거예요. 적어도 그를 만나도 괜찮을 정도까지는 회복하셔야죠. 제가 맛있는 두부요리 해 드릴게요."

진평은 고개를 끄덕였다.

사촌 형이 이미 마교와 손을 잡았다면 이제 달려간다고 해서 달라질 건 없다고 할 수 있었다. 뜻을 굽히지 않아 파문까지 당한 사람인데 자기가 말린다고 들을 것 같지도 않았다.

진평은 자리에 앉았다.

그리고 삼목객에게 물었다.

"그곳의 정황을 좀 더 말씀해주실 수 있겠습니까?"

삼목객은 흐뭇한 표정으로 설가영을 봤다.

조금 전, 비록 나무 막대기 하나를 든 것에 불과했지만 그 기세만큼은 가히 아나히타에 손색없는 모습을 보여주었기 때문이다.

진평이 한 번 더 재촉하자 삼목객은 입을 열었다.

"원래 내가 살던 방안산엔 은광이 여러 개 있었어. 하지만 채굴량이 적어서 십 년 전부터 하나둘 폐광되었지. 이따금씩 도굴꾼이나 드나들 뿐이었는데, 얼마 전에 갑자기 은광 채굴이 정식으로 재개된 거야. 환관 왕진이란 놈이 공납을 조건으로 채굴권을 팔아먹은 거지."

설가영은 진평을 봤다. 그 잠깐의 혼란을 이용해 큰돈을 번 사람이 바로 진평이었다.

삼목객의 말이 이어졌다.

"그런데 옛날에 이미 바닥난 광맥인데 환관 한 놈이 은 나와라! 한다고 갑자기 은을 쏟아낼 리가 있나? 공납액은 높게 잡혀 있고 실제 나오는 양은 미미하니까 광산 주인들이 광부를 못살게 군 거야. 발에 족쇄를 채우고, 매를 때리면서 잠도 안 재우고 몰아치니까 다들 악이 받칠 대로 받쳤지. 바로 그때 나타나서 그들을 해방시켜주고 부하로 삼은 게 섭종유 패거리야."

진평은 고개를 끄덕였다.

결국 돈은 엉뚱한 놈들이 챙기고 그 대가는 광부들이 치르게 된 셈이니, 누구라도 불만 붙여주면 활활 타오를 상태였을 게 분명했다.

야심으로 가득했던 섭종유의 눈빛이 기억났다.

그 기회를 잡는 데 사촌 형이 도왔을 가능성도 컸다.

"섭종유의 패거리만 놓고 보자면 그냥 규모가 큰 산적 무리 정도에 지나지 않았지만 묘하게 시기가 맞아떨어져서 소림사 정사대전에 패한 마교 무리가 합세하게 되었지. 그래서 지금은 그 기세가 대단해."

진평이 물었다.

"그들 중에 마교 교주가 있습니까?"

"글쎄……. 그건 잘 몰라. 목책을 세우고 은신처를 만든답시고 산을 온통 헤집고 다니기에 그곳을 떠났거든."

"그러셨군요."

진평은 미간을 찌푸렸다.

마교 교주가 죽지 않은 이상 위협은 여전히 남아 있다고 봐야 했다. 비록 정사대전에서 이기긴 했지만 마교의 힘은 절대 경시할 수 없는 것이었다.

그런데 거기에 섭종유의 야심과 사촌 형 진감호의 자금력까지 결합되었다면 문제는 더 심각하다고 볼 수 있었다.

진평은 마음을 고쳐먹고 그날부터 내상 치료에만 집중했다. 명상도 좋지만 상황이 더 전개되기 전에 막으려면 일단 무공부터 되찾을 필요가 있었던 것이다.

섬의 일상은 단순했다.

진평은 운공요상에, 설가영은 요리에 집중했다. 그리고 홍패는 진평과 설가영 사이에 끼어들어 진평의 잡념을 차단하는 데 집중했다.

그들과 달리 나머지 세 사람은 할 일이 없었다.

결국 따분함을 참지 못한 삼목객이 마충과 왕립에게 먼저 말을 걸었다.

"너희들, 세상의 모든 고통과 불행이 어디서 오는지에 대해서 생각해본 적 있느냐?"

왕립이 즉시 대답했다.

"주사위에서 옵니다."

"뭐라고?"

마충도 동의했다.

"주사위와 고리사채에서 옵니다. 확실합니다."

삼목객은 가볍게 한숨을 내쉬고는 그들에게 현교의 교리를 얘기해주었다.

"세상은 빛과 어둠으로 이루어져 있지. 아침에 해가 뜨면 천지가 광명으로 가득 차고 밤이 되어 해가 지면 온통 어둠으로 가려진단 말이지."

왕립이 퉁명스럽게 대답했다.

"밤에도 달이 뜨면 밝은데요."

"키키! 그건 말이지. 세상엔 온전한 양도, 온전한 음도 없는 이치야. 낮에도 늘 밝은 게 아니라 구름이 해를 가리기도 하잖아. 초나 등불을 가만히 들여다보면 그 불이 다 밝은 게 아냐. 겉은 노랗게 빛나지만 속은 검거든."

마충과 왕립은 조금씩 삼목객의 얘기에 귀를 기울였다.

어차피 시간은 남아돌고 달리 할 일도 없었다.

그렇게 사흘째가 되는 날.

설가영은 믿을 수 없는 광경을 보게 되었다.

마충과 왕립이 삼목객 뒤에 나란히 서서 불을 향해 절을 하는 것이었다. 뿐만 아니라 기도문까지 따라 하고 있었다.

설가영이 그들에게 다가가 물었다.

"당신들. 현교에 입교했나요?"

"예. 그렇습니다."

"주인님에게 허락도 받았습니다."

설가영은 답답했다.

"한 번 입교하면 죽기 전에는 빠져나올 수 없다는 사실을 알고 있나요?"

마충은 어깨를 한 번 으쓱한 후 대답했다.

"물론입니다."

설가영은 이해할 수 없었다.

그러나 마충과 왕립이 처한 입장은 그녀와 달랐다.

현세를 바쳐서 영원한 구원을 얻을 수 있다면 손해 볼 것 없다는 게 그들의 생각이었다.

성왕부의 가신으로 출세하는 게 그들의 꿈이었지만 고정광의 부당한 처사로 쫓겨난 뒤에는 홍패에게 거액의 빚을 졌다는 암울한 현실만 남게 되었다. 그의 노복이 되기를 자처한 지금은 그나마 빚쟁이 시절보다 형편도 나아지고 배포도 편해졌지만 어딘가 커다란 구멍이 뚫리기라도 한 듯, 마음 한구석에 상실감이 자리 잡은 게 사실이었다.

삼목객의 현교는 바로 그 빈자리를 채워주었다. 막상 따라 해보니 페르시아어 몇 마디의 발음이 어려울 뿐 다른 건 쉬웠다. 성화가 꺼지지 않도록 소중히 간직하고 하루 다섯 번의 예만 취하면 되었다.

삼목객이 설가영에게 말했다.

"어떠냐? 이참에 너도 입교하거라. 허리띠 만드는 김에 하나 더 만들 테니까."

"아뇨. 저는 좀 더 공부하고 나서요."

"이들이 이토록 쉽게 신을 받아들이는 걸 보고도 결정을 못 내리겠느냐?"

"신중해서 나쁠 건 없잖아요. 아! 선배님. 수채로 가보세요. 거기라면 현교를 믿겠다는 사람이 줄을 설 거예요. 다들 선배님의 환술을 봤으니까요."

"끄응……."

삼목객은 양손으로 머리를 싸쥐었다.

"술이 웬수지. 환술은 교도들에게도 함부로 보이면 안 되는데 그날 내가 도대체 왜 그랬던 거지. 끄응……. 내가 두 번 다시 술을 마시나 봐라."

그는 마충과 왕립에게 말했다.

"너희들. 앞으로 내가 술잔을 손에 쥐면 목숨을 걸고 빼앗아라. 알았지?"

"명심하겠습니다!"

마충과 왕립이 그렇게 현교 교도가 되어 가는 사이 진평의 내상도 많은 차도를 보였다. 마음먹고 집중하자 그만큼의 성과를 이끌어낼 수 있었던 것이다.

그러는 동안 진평은 매일 두부요리를 먹었다.

예전에 설가영이 동릉의 양씨 할머니에게서 배워둔 바로 그 방법으로 만든 요리였다.

어린 시절을 추억하게 만드는 그때 그대로의 맛이라 진평에겐 다른 어떤 음식보다 맛있었고, 원기 회복에도 큰 도움을 주었다.

달포 정도가 지나자 진평은 밖으로 나와 몸을 움직였다. 설가영과 홍패는 안쓰러운 눈으로 그를 봤는데, 그것은 진평의 움직임이 어딘가 모르게 부자연스러웠기 때문이다.

그러나 실제는 두 사람이 생각하는 것과 달랐다.

진평의 움직임이 어색한 것은 그의 머릿속에서 그동안 익혔던 초식들을 전부 분해하고 재조립하는 과정을 거치고 있기 때문에 그리 보이는 것일 뿐, 부상이 남아 있어서는 아니었다.

진평이 홍패에게 물었다.

"내 철적은 어디 있지?"

이제는 호흡 걱정 없이 그것을 불 수 있었다.

"총관님이 가지고 계실 겁니다."

설가영이 진평에게 물었다.

"소주 사해전장에 가보니까 두 분 다 안 계시던데, 지금 어디로 가셨어요?"

"양주."

"양주 어디요?"

"그건 말해줄 수 없어."

진평은 슬쩍 웃었고 설가영은 부끄러움에 볼을 붉혔다. 두 사람이 소주를 떠나게 만든 장본인이 바로 성왕부 무사들을 그곳으로 안내한 자신이었기 때문이다.

진평이 말했다.

"이만하면 됐으니 내일 떠나도록 하지."

설가영은 검지를 가로저었다.

"그건 안 돼요. 저를 이기셔야죠."

그리고는 수적들에게 부탁하여 장만한 장검을 뽑아들었다.

진평은 미소 지었다.

"이젠 그럴 필요 없어. 내 몸은 다 나았어."

"믿을 수 없어요."

진평의 어색한 손놀림들을 봤기에 그리 말하는 것이었다.

"어떻게 해야 믿겠어?"

"검을 피해서 제 몸을 건드려보세요. 그럼 믿……."

순간 진평의 몸이 어느새 설가영의 바로 앞에 서 있었고 뒤늦게 옷자락 휘날린 소리가 펑! 하고 들렸다.

섬에 있던 사람들 모두 크게 놀랐다.

특히 삼목객의 놀라움은 컸다. 방금 진평이 보인 신법은 자신도 따라가기 어려울 만큼 빠른 것이었다.

병색이 완연하던 사람이 어떻게 이리 빨리 회복할 수 있는지 그저 불가사의하게 여겨질 따름이었다.

진평이 대대로 심법을 연구해 온 본혈방의 방주이고, 소림사의 대환단과 본혈방에 비축해두었던 영약들과 성왕부에서 구해준 진귀한 약재들을 모두 자유롭게 쓸 수 있었다는 사실을 그가 알 리 없었다.

진평은 설가영의 천돌혈에 대고 있던 검지를 떼고 그녀 이마에 가볍게 입을 맞춘 후 물었다.

"어때? 합격이지?"

"예……? 예. 강호출도를 허락해 드릴게요."

"고마워. 하하!"

다음 날 아침. 여섯 사람을 태운 배는 물안개를 헤치며 파양호로 나아갔다.

*　　*　　*

진평 일행은 파양채에 들렀다.

채주 황원승으로부터 들은 얘기는 실로 놀라웠다.

섭종유가 반란을 일으켜 지금 복건과 절강 일대가 온통 전쟁터라는 얘기였다.

"섭종유는 진감호라는 자와 합세하여 그 세력을 넓혀가고 있는데, 그 기세가 대단하여 이미 다섯 개 현을 차지했다 합니다."

진평은 나직이 한숨을 내쉬었다.

과연 사촌 형이 그들과 합류한 게 사실이었던 것이다.

"마교 교주에 대한 얘기는 없나?"

"전혀 없습니다. 아마 배후에만 머물러 있기로 작심한 모양입니다. 어쩌면 이미 섭종유에게 죽었을지도 모르고요."

진평은 고개를 가로저었다.

동악율은 신중한 사람이었다.

섭종유처럼 거칠고 포악한 사람에게 쉽게 등을 보였을 리가 없었다. 그리고 지금쯤 자기와 마찬가지로 내상이 다 나았을 터이니, 모습을 보이지 않는다면 폐관수련을 한다고 보는 게 더 타당성이 있었다.

"배를 한 척 빌려주겠나?"

"여부가 있겠습니까. 빠른 배를 원하십니까? 선실 넓은 배를 원하십니까? 말씀만 하십시오. 애들도 제일 똘똘한 놈들로 뽑아서 모시도록 하겠습니다."

"적당히 허름한 상선으로 충분해. 그리고 배는 우리가 저을 거니까 선원도 필요 없어."

"알겠습니다."

진평 일행은 곧바로 수채 사람들과 작별을 하고 나와 배를 띄웠다. 배가 호수를 빠져나올 즈음 설가영이 물었다.

"전쟁이 벌어졌다는데 거긴 왜 가려고 하세요?"

무림맹과 마교의 정사대전은 무림인들끼리의 싸움일 뿐이지만 군현을 점령하고 관군과 싸우는 전쟁은 그 규모에서부터 전혀 달랐다.

수천, 수만의 병력이 격돌하고 그 승부 여하에 따라 병사들은 물론 백성들까지 크나큰 피해를 입게 되는 것이다.

진평이 말했다.

"적어도 형님과 얘기는 해봐야지."

그것은 진평에게 있어 몹시 중요한 일이었다. 유일한 피붙이가 반역의 무리에 가담했다는데 모른 척하고 있을 수만은 없었다.

설가영은 가만히 고개를 끄덕였다.

절강성이 위험하기는 하겠지만 진평과 함께라면 칼의 산, 검의 숲이라고 해도 두렵지 않을 것 같았다.

진평이 홍패에게 말했다.

"너희들은 적당한 곳에 내려줄 테니 기다리도록 해."

홍패는 고개를 가로저었다.

"그런 말씀 마십시오. 전쟁터만큼 도둑질하기 쉬운 데가 어디 있다고요. 끝까지 따라갈 겁니다."

삼목객이 기도문 외우기를 마친 후 홍패에게 말을 걸었다.

"이제 보니 넌 도둑이었구나?"

"그, 그렇습니다."

"너는 가난한데 부자들은 흥청망청 잘사는 게 미워서 도둑질을 배운 거지?"

"아뇨. 몸이 작고 발이 날래서 칼질보다는 담 넘는 걸 잘할 것 같다고 해서 배운 건데요."

나고 자란 곳이 수적 소굴이었으니 도둑질을 안 배웠으면 칼 휘두르고 활 쏘는 법을 배웠을 것이었다.

"어흠! 어쨌거나 넌 세상이 왜 불공평하다고 생각하느냐?"

"그야 사람들이 게을러서 그렇지요."

"게으르다?"

"예. 열심히 도둑질이나 강도질을 배우고 익혔다면 부자 놈들 창고를 모조리 털어먹을 수 있는데 게을러서 그걸 못하는 거죠. 히히!"

삼목객은 한 대 쥐어박고 싶은 걸 억지로 참고 차분한 어조로 말했다.

"그게 아니라 광명과 어둠이 서로 싸우기 때문에……."

홍패는 양손은 물론 고개까지 한꺼번에 가로저었다.

"전 입교 안 합니다!"

"왜 그래? 그러지 말고 얘기나 한번 들어봐. 네 하인 둘도 처음엔 시답지 않게 여기더니 지금은 얼마나 신심이 두터운지 모른다고."

"힝! 전 평생 자유로운 게 좋아서 도적질을 하고 있는데, 왜 자청해서 교리에 묶이겠습니까?"

삼목객이 짐짓 엄한 어조로 물었다.

"최후의 심판이 두렵지 않느냐?"

홍패는 큰 소리로 웃었다.

"제 별호가 뭔지 아십니까? 금각입니다. 최후의 심판관이 누구인지는 몰라도 아마 날 잡으려면 땀깨나 흘릴 걸요? 히히히!"

삼목객은 입맛을 다셨다.

마충과 왕립은 쉽게 넘어왔는데 홍패에겐 씨도 안 먹히니 은근히 화가 났다.

그는 매서운 눈으로 설가영을 노려봤다.

그녀만 아나히타가 되어준다면 그 남편 진평은 보나 마나 따라서 입교할 것이고, 그가 입교하면 의제인 홍패도 줄줄이 따라 들어올 거라는 생각이 들었다.

그가 손짓으로 설가영을 불렀다.

"얘야. 우리 얘기 좀 하자꾸나."

설가영은 그의 눈빛이 심상치 않은 것을 보고 마지못해 마주 앉았다. 하지만 상대가 입 열 여유를 주지 않고 먼저 질문부터 했다.

"선배님. 궁금한 게 한 가지 있어요. 환술과 기문둔갑은 어떻게 다른 거죠?"

"음……. 그건 근본 출발점이 다르지. 환술은 빛의 술법이고 기문진은 땅의 술법이니까."

"아! 그렇군요."

"너도 알다시피 우리 교는 항상 불빛을 들여다보지 않느냐. 그러다 보니 빛에 대해서 많은 지식과 지혜를 축적하게 되었지."

설가영이 궁금해하는 표정을 짓자 삼목객은 갑판 구석에 둘둘 말려 있는 돛을 가리켰다.

"저게 무슨 색으로 보이냐?"

"본래는 흰색이었는데 지금은 때가 탄 걸로 보이는데요."

"저게 정말 흰색인지는 아무도 모르는 거다. 네 눈에만 그렇게 보이고 실체는 다를 수도 있지."

"좀 더 자세히 말씀해주세요."

"눈으로 보는 게 아니라 눈에 보이는 거라는 사실을 잊지 말아야 한다. 자, 생각해 보거라. 같은 물건이라도 붉은 등 아래 놓이면 색이 달라 보이지?"

"그럼 그 달라지는 게 물체를 정말로 바꾸는 게 아니라 우리 눈만 속인다는 뜻인가요?"

"너무 앞서 가지 말고. 자……."

삼목객은 손가락으로 갑판 위에 뭔가를 그리려 하다가 갑자기 손을 멈추었다.

그리고 웃으며 고개를 들어 설가영을 바라보았다.

"요 영악한 것. 이런 식으로 환술을 배워보려고?"

설가영은 손을 내저었다.

"아니에요. 말도 안 돼요. 그게 얼마나 심오한 학문인데 저 같은 아녀자가 배울 수 있겠어요? 저는 그저 검술을 약간 익혔고 요리나 좀 할 뿐인 걸요."

"하긴……."

삼목객도 자기가 너무 과민 반응을 보였다고 생각했다. 설가영이 얼른 치고 들어가서 다른 질문을 했다.

"그런데 우리 현교에는 교주가 없나요?"

삼목객은 그녀가 우리라는 단어를 쓴 게 기분 좋아서 미소 지으며 대답해주었다.

"원래는 있었지."

"그런데요?"

삼목객의 표정이 갑자기 심각해졌다.

"사실을 얘기하자면 교 내부에 분란이 일어나서 교주님이 살해당하셨지. 그 이후로 아직까지 새 교주를 세우지 못하고 있어."

"교주가 살해당했다고요? 도대체 누가 그런 끔찍한 하극상을 저지른 거죠?"

삼목객이 입으로 쩝! 소리를 낸 후 말했다.

"나도 처음부터 그러고 싶었던 건 아냐."

설가영은 깜짝 놀랐다.

"예? 그럼 선배님이 교주를 죽이셨어요? 선배님은 불패의 태양 미트라 아닌가요?"

교를 수호하기는커녕 교주를 죽였다니 기가 막혔다. 이런 종교라면 역시 입교하지 않기를 잘했다는 생각이 들었다.

삼목객이 말했다.

"전대 교주님은 정말 좋은 분이셨지. 하지만 그 아들은 어려서부터 떠받들어지는 것에 너무 익숙해서 교의 간부들과 교도들을 함부로 대했어. 본래 우리 교에서는 교주를 오르마즈드의 현신이라고 믿기 때문에 그의 명령엔 그 누구도 거역할 수 없게 되어 있지."

"망나니가 교주가 되면 큰일이겠네요?"

"실제로 큰일이 났지. 교주가 신도들을 상대로 악행과 음행을 멋대로 저지르자 모두 교를 버리고 떠나기 시작했어."

"하지만 교를 떠나면……."

허리띠를 자르는 게 현교의 율법이었다.

삼목객은 고개를 끄덕였다.

"그 일을 내가 맡았지. 하지만 난 차마 그들을 죽일 수 없었어. 그들이 교를 버린 원인을 알고 있었으니까."

"그래서 어떻게 되었나요?"

설가영뿐만 아니라 배 안의 다른 사람들도 삼목객의 말에 귀를 기울였다.

"교주님이 나를 불러 책무를 다하지 못한다며 꾸짖은 후 벌을 내리겠다고 해서 태형을 당했지. 하지만 그는 거기서 멈추려 하지 않더군. 나를 죽임으로써 교의 기강을 확립하겠다며 직접 칼을 휘둘렀는데, 말리던 다른 교인들이 그만 그 칼에 베인 거야. 무고한 피를 보는 순간 나도 모르게 그만……."

"그, 그런 일이 있었군요."

삼목객이 왜 심처에 숨어 지내는지, 이따금씩 광적인 눈빛을 보이는 이유가 무엇인지 이제야 알 수 있을 것 같았다. 자기 손으로 교를 해체시켰다는 죄책감이 여전히 그를 짓누르고 있는 게 분명했다.

삼목객이 긴 한숨을 내쉰 후 말했다.

"만약 주르반의 경전을 보지 못했더라면 이때까지 살아 있을 이유도 못 찾았을 거야."

"그건 또 뭐죠?"

"우리 현교엔 여러 갈래가 있는데, 그중에서 진정한 절대일자(一者)가 누구인지에 대해 연구한 주르반이라는 교파의 경전이지."

"절대자는 오르마즈드 아닌가요?"

"그렇긴 한데 말야."

삼목객이 활기를 되찾은 표정으로 입술에 침을 한 번 바른 후 말을 이었다.

"마지막에 가서는 광명의 신 오르마즈드가 이기는 게 맞아. 하지만, 그 최후의 날까지 가는 동안은 악신 아리만도 자기 권세를 행하거든. 낮이 지나가면 반드시 밤이 오듯, 광명과 어둠이 같은 비율로 공존하며 이 세상을 지배하는 거야."

"그게 음양의 이치잖아요."

"어쨌거나, 오르마즈드를 절대자라고 인정하는 순간, 아리만도 절대자로 인정하지 않을 수 없게 된단 말이지. 그래서 주르반교에서 주창하는 게 시간이야말로 궁극의 절대자라는 이론이야."

"선신과 악신이 모두 시간에 예속된 존재라는 건가요?"

"바로 그거지! 주르반이란 말이 시간이란 뜻이거든."

설가영은 궁금한 표정을 지었다.

"그럼 뭐가 달라지죠?"

"모든 게 달라지지. 오르마즈드는 주르반의 일부일 뿐이니까 마지막 교주님처럼 제멋대로 행동할 권한이 없어지는 거지."

"교주가 없어도 되는 건 아니고……."

"그 권리만 합당하게 제한되는 거지."

"그럼 선배님이 주창하는 현교는 주르반교네요?"

"그렇지!"

설가영은 천천히 고개를 끄덕였다.

그렇게라도 명분을 찾아내지 못했다면 견딜 수 없었으리란 생각이 들었다.

또한, 교주가 신의 현신이라고 해서 악행을 제멋대로 일삼아도 된다는 건 사교(邪敎)의 느낌이 강하지만 절대자의 자리를 다른 존재에게 양보하고 한 계단 아래 선다면 자체적으로 교주의 행동을 제제할 수 있으니 제법 합리적이라는 느낌도 들었다.

삼목객이 기대감 가득한 표정으로 설가영에게 물었다.

"어떠냐? 주르반의 교리가 그럴듯하지?"

설가영은 입술을 샐쭉거린 후 대답했다.

"주르반의 교리대로 교단이 운영된 적은 아직 없었던 거죠?"

"그, 그런 셈이지."

"그럼 좀 더 심각하게 생각해봐야겠네요."

삼목객에겐 안 된 일이지만, 현교 내부에 심각한 문제가 있었음을 알게 되었으니 설가영 입장에선 핑곗거리가 하나 는 셈이었다.

제9장 형제의 길

장강의 물결은 예나 지금이나 다름없지만 배에 탄 사람들 표정엔 긴장감이 어려 있었다.

반역의 무리가 점령한 곳으로 향하기 때문이었다.

그러나 선실 안은 또 다른 별세계였다.

단둘이 자리 잡은 진평과 설가영에겐 물결 거센 장강 한복판일지라도 복숭아 꽃 만발하고 봄바람 부는 낙원이나 마찬가지였다.

말은 없었다.

입이 말보다 다른 중요한 일을 하는 데 쓰였기 때문이다.

갑자기 찰싹! 소리가 들렸다.

"아야!"

"손은 가만히 두세요."

"아, 알았어. 하지만 너무 세게 때린 것 아냐?"

"엄살 부리지 마세요!"

"아! 손목이 부러진 것 같아. 내공이 실린 일격이었어."

"자꾸 그러시면 저 나갈 거예요."

"그럴 필요까지는 없잖아."

두 사람은 키득거리며 실랑이했다.

그러다 설가영이 물었다.

"그런데 형님. 제가 형님이라고 부르는 게 좀 이상하지 않으세요? 이제 다른 호칭으로 바꿀까요?"

"나를 형이라고 부르는 사람과 입맞춤하는 게 이상하지 않다면 그건 정말 이상한 거겠지?"

"아……!"

"하하! 아냐. 뭐라고 불러도 상관없어. 사실, 형님이란 호칭이 제일 익숙하고 마음에도 들어."

설가영이 흘겨보며 말했다.

"역시 형님은 이상한 사람이었군요."

"그건 아니고. 후후……."

"미안해요."

"뜬금없이 뭐가?"

"전에 아미파 제자들과 같은 배를 탔을 때 형님을 오해하게 만들었잖아요. 그래서 소문도 이상하게 나고……."

진평은 씩 웃었다.

사실 무림맹 용봉지연에서 수많은 명가의 미녀들이 자신을 백안시할 때는 화가 나기도 했다.

그러나 그는 남에게 정체가 드러나기를 바라지 않는 본혈방의 방주이기에 여인은 물론 남자들까지도 자신과 친해지지 않으려고 애쓰는 것이 오히려 편한 면도 있었다.

무공도 드러내지 않고 숨기는 판에 인간적인 교류는 조심스러울 수밖에 없었던 것이다.

진평의 표정을 살핀 설가영이 덧붙였다.

"그런데 지금 생각하면 정말 잘했다는 생각이 들어요."

"방금 미안하다며?"

"그 덕분에 형님을 지킬 수 있었잖아요. 호호호!"

진평은 한 번 더 미소 지었다.

그런 일이 없었더라도 자기가 설가영 이외의 여인에 눈길을 주는 일은 없었을 거라는 생각이 들었다.

설가영이 바짝 다가앉으며 말했다.

"형님. 우리 하는 거 있잖아요."

"하는 거 뭐?"

"입맞춤이요."

"그, 그런데……."

설가영은 동그랗게 뜬 눈을 반짝거렸다.

"어차피 혼인할 때까지 그것밖에 못한다면 좀 더 제대로 하고 싶어요. 가르쳐주세요."

"가르쳐달라고?"

"예. 전 뭐든지 빨리 배우잖아요."

"그건 그렇지."

진평은 웃으며 주머니를 뒤져 금원보와 은원보 사이에 섞여 있는 붉은 옥구슬 하나를 꺼내어 술에 씻은 후 말했다.

"아! 해봐."

"아……!"

"삼키지 말고 돌려줘."

설가영은 무슨 뜻인지 몰랐다.

그러나 곧 놀이 방법을 깨우쳤다.

구슬을 진평의 입으로 보내고 다시 돌려받고, 어떤 때는 빼앗기도 하고 빼앗기지 않기 위해 버티기도 하다 보니 혀를 참으로 많이 움직이게 되었다.

두 사람이 놀이에 한창 열중해 있는데 밖에서 인기척이 들렸다. 홍패의 목소리였다.

"대충 끝내고 좀 나와 보십시오."

진평과 설가영은 상기된 표정으로 선실 밖으로 나섰다.

둘러보니 홍패는 물론 다른 사람들도 표정이 좋지 않았다. 선실 안이라고 하지만 배는 좁고 사람들은 무공을 익혀 귀가 밝기 때문에 소리가 전부 다 들렸던 것이다.

진평은 계면쩍게 웃고 헛기침을 한 번 했다.

설가영과 연인 사이라는 걸 공표한 이후 모든 게 너무나 행복하고 즐거워서 주변에 신경을 못 쓴 게 사실이었다.

그는 홍패에게 물었다.

"무슨 일이야?"

"저기 좀 보십시오."

홍패가 가리킨 방향을 보니 배 두 척이 따라오고 있었다. 움직임이 날렵한 것으로 보아 화물을 실은 상선은 아니었다.

"언제부터 따라오는 거지?"

"저 배는 두 시진 전부터입니다. 뒤쪽 배는 한 시진 전에 합류했고요."

설가영이 말했다.

"혹시 동창 놈들 아닐까요?"

장지균이 쉽게 포기할 리 없었다. 그라면 파양채 주변에 사람을 배치해두고 드나드는 배들을 감시하게 했을 가능성이 컸다.

홍패가 설가영의 의견에 동조했다.

"어떤 표식도 없는 걸 보면 수로맹 소속도 아니고 상단 소속도 아닌 배들입니다."

진평은 미간을 찌푸렸다.

사촌 형 만날 일에 마음이 급한데 훼방꾼들이 따라붙으니 기분이 좋을 리 없었다.

"배를 멈춰라."

설가영에게 위해를 가하려 했던 자이기에 그냥 모른 체하고 넘어갈 수 없었다.

진평의 배가 멈추자 따라오던 배들도 멈추었다. 그리고 오래지 않아 다른 배들이 나타나 그들 무리에 합류했다.

진평은 마냥 기다렸다.

설가영이 걱정스러운 표정으로 물었다.

"형님. 장지균을 만나도 괜찮으시겠어요?"

진평은 고개를 끄덕였다.

"걱정하지 않아도 돼. 그는 나를 이길 수 없어."

그 말에 설가영뿐만 아니라 홍패도 적이 안심하는 표정을 지었다. 사실 진평의 내상이 완치되었다는 건 그의 말일 뿐 실제 속사정은 알 수가 없는 것이었다. 절강성으로 빨리 가기 위해 적당히 둘러댄 말일 수도 있었다.

그러나 본인 입으로 장지균과의 승부에 대해 언급했으니 이젠 믿어도 되었다.

에워싸는 배의 수는 계속 늘어나서 여섯 척이나 되었다. 그러나 그들은 일정한 거리를 두고 앞과 뒤를 에워쌌을 뿐 가까이 다가오지는 않았다.

날이 어두워지자 진평이 결정을 내렸다.

"아무래도 장지균은 멀리 있는 모양이군."

그가 도착할 때까지 잡아두려는 게 분명했다.

그러나 진평은 그를 기다릴 만큼 한가하지 않았다.

그가 홍패에게 물었다.

"벽력탄은 몇 개나 가지고 있지?"

"열 개 정도 됩니다."

"좋아. 그걸 하나씩 먹여주고 떠나자. 벽력탄이 사용되었다는 보고를 받으면 내가 나온 줄 알고 찾아오겠지."

"알겠습니다. 히히!"

홍패는 선창 깊이 감춰두었던 가죽 자루를 꺼내어 왔다. 그리고 마충과 왕립에게 배를 젓도록 했다.

진평의 배가 움직이자 여섯 척의 배들도 일제히 포위 진형을 갖춘 채 따라서 이동했다.

어스름한 하늘을 배경으로 갑판에 나선 자들이 활을 들고 있는 게 보였다. 거리가 좁혀지면 화살을 쏘려는 게 분명했다. 배의 크기가 월등하고 그 수도 여섯이나 되다 보니, 궁수의 숫자 또한 압도적으로 많았다.

수전에서는 아무리 무공의 고수라고 해도 배가 가라앉으면 자맥질로 도망쳐야 하는 신세를 면할 수 없었다.

그렇기에 적선들은 자신감이 넘쳤다.

홍패는 킬킬거리며 벽력탄에 불을 붙였고 십여 장 이내로 가까워진 배를 향해 던졌다.

포물선을 그리며 날아간 벽력탄은 한 치의 오차도 없이 적선의 갑판에 떨어진 후 굉음을 울리며 폭발했다.

갑판이 박살나며 나무가 사방으로 날아갔고, 선원들도 비명을 지르며 물에 빠졌다.

홍패가 두 번째 벽력탄에 불붙이는 것을 보고 삼목객이 달려들어 졸라댔다.

"그거 정말 통쾌하구나. 나도 한번 던져보자."

"안 됩니다! 이게 아무나 할 수 있는 일인 줄 아십니까?"

홍패는 빼앗기지 않고 두 번째 벽력탄을 던졌다.

이번엔 거의 이십 장 가까이 떨어진 배였는데 정확하게 갑판에 떨어져 또 한 번의 폭발을 일으켰다.

삼목객은 탄성을 토했다.

무공과 환술은 자기가 위일지 몰라도, 이십 장이나 되는 거리에서 정확하게 갑판에 떨어트릴 자신은 없었다.

홍패의 암기 다루는 재주가 뛰어남을 인정하고 물러설 수밖에 없었다.

적선들은 일제히 화살을 쏘기 시작했다.

그러나 배에 꽂히는 수는 많지 않았고, 그나마도 마충과 왕립이 세운 커다란 널판에 모두 가로막혔다.

홍패는 이후에 던진 네 개의 벽력탄도 모두 명중시켜 그들의 추격 의지를 완전히 꺾어버렸다.

그리고 진로를 가로막았던 배 앞을 지나면서 활을 겨누는 자들의 이마에 표창 하나씩을 던져준 후 몇 안 남은 생존자들에게 큰 소리로 말했다.

"장지균에게 전해라! 우리 형님은 절강성에 계실 거니까 목숨이 아깝지 않으면 따라오라고!"

진평의 배는 적선들을 뒤로하고 유유히 빠져나갔다.

한참을 가도 더 이상은 따라붙는 배가 없었다.

홍패가 진평에게 말했다.

"이제 신경 쓰지 않아도 될 것 같습니다. 막내와 함께 선실로 들어가 보십시오. 히히!"

진평은 고개를 가로저었다.

"아냐. 내가 교대할 테니까 들어가서 좀 쉬어."

그동안 자신의 행동이 좀 심했다는 생각이 들어 당분간 자제하기로 마음먹은 것이다.

홍패가 웃으며 말했다.

"정말 사랑의 힘이란 위대한 겁니다. 히히!"

"그건 또 무슨 소리야?"

"내상이 낫기 전엔 만날 수 없다고 했더니, 오로지 막내 안을 욕심 하나로 운공요상을 그렇게 열심히 하신 것 아닙니까? 크크……."

"그건 아냐."

설가영이 아니라 사촌 형 때문이었다.

그를 만나야 한다는 생각 때문에 머릿속을 맴도는 의문을 뒤로 미뤄두고 내공 회복에 집중한 것이었다.

홍패는 팔꿈치로 진평을 툭 쳤다.

"거짓말하지 마십시오. 막내를 만나기 전엔 마냥 지지부진하다가 갑자기 이렇게 멀쩡해지셨는데 아무 영향도 없었단 말입니까?"

진평은 더 해명하지 않고 그냥 웃었다.

그것도 일리가 있는 말이었기 때문이다.

항주의 거리는 긴장감에 휩싸여 있었다.

멀지 않은 곳에서 난리가 나다 보니 행인의 수도 줄었고, 포구의 화물도 줄어들어 있을 수밖에 없었다.

요충지라 관군이 엄밀히 지키고는 있지만 배만 타면 복건성도 하루거리인지라 언제든 습격당할 수 있었다.

진평은 객잔을 잡은 후 장계상을 불러 절강, 복건성 일대의 반군 병력, 특히 진감호와 그의 무리를 집중적으로 정찰하도록 지시했다.

홍패가 물었다.

"석형님을 모시고 올까요?"

"그는 왜?"

"적이 장악하고 있는 지역으로 들어가려면 호위가 있는 게 든든하지 않겠습니까?"

"난 전쟁하러 가는 게 아냐. 한 사람만 만나보고 돌아오면 돼. 그리고 그는 연공 중이라면서?"

피를 볼 일도 아닌데 불러내면 좋아할 리 없었다.

장계상의 보고가 들어올 때까지 진평은 상인답게 시간을 보냈다.

설가영과 저자에 나가 물건 가격을 물어보며 다니는 게 일과였고, 배가 고파지면 소문난 음식점을 찾아갔다.

삼목객도 오랜만에 접해보는 대도시의 번화함을 좋아했고 홍패와 두 하인도 즐거운 시간을 보냈다.

하루는, 단둘이 이층 누각에 호젓하게 마주 앉은 자리에서 설가영이 수로의 배들과 화물들을 둘러보다가 진평에게 물었다.

"형님. 지난번에 번 돈 있잖아요."

"응."

"그 많은 돈을 어디에 다 쓸 거예요?"

"늘 하던 일."

"유민(流民)들에게 나눠주는 일요?"

"맞아."

"좀 더 자세히 얘기해주세요."

설가영은 본혈방이 그런 사업을 한다는 사실은 알고 있지만 사해전장에서 지내는 동안 무공 수련에만 몰두했었기 때문에 현장에 직접 가 본 적은 없었다.

"어디에서건 기근이나 역병, 황충이 창궐한다는 소문을 들으면 구호소를 세워 먹을 것을 주고 쉴 곳을 마련해준 후 떠날 때는 양식을 챙겨주는 거지. 쉬는 동안 글도 가르치고."

설가영은 고개를 갸웃거렸다.

"그냥 주는 건가요? 나중에 돌려받겠다는 약속도 없이요?"

"세상엔 정말 도움을 구하는 것 외에는 달리 할 수 있는 일이 아무것도 없는 사람들이 있어. 그들에게 그런 약속은 무의미해."

"하지만 그런 식이라면 아깝잖아요."

"뭐가 아까워?"

"여러 상단을 통해 번 건데, 아무리 그들의 처지가 딱하다고 해도 그냥 밑 빠진 독에 물 붓기 식으로 퍼주면……."

진평이 차분한 어조로 말했다.

"그 돈을 내 돈이라고 생각하면 아까울 수도 있겠지. 하지만 돈엔 주인이 없어."

설가영은 이해할 수 없었다.

진평의 말이 이어졌다.

"재물이란 것은 본래 온 천하로 흘러다니는 게 정한 이치야. 내게 머무는 것은 아주 잠시일 뿐이지."

"하지만 그동안만큼은 내 것 아닌가요?"

"진정한 내 것이라면 죽을 때 왜 놓고 가겠어?"

"그거야 뭐……."

"재물이 바른 방향으로 잘 흘러갈 수 있도록 길을 만들어주는 일. 나는 그것이 나와 우리 방의 역할이라고 생각해."

설가영은 진평의 말을 깊이 생각해 보았다.

그리고 미소를 지었다.

돈을 모으는 게 아니라 흘러가게 하는 것.

본혈방이 운영하는 상단들을 생각하니 그 그림을 그려볼 수 있었다. 돈이 흐를 물길을 넓게 만들어서 규모를 키우는 것이지, 저수지를 깊이 파서 규모를 키우는 게 아니라는 생각이 들었다.

진평과 대화를 나누면 늘 배우는 게 있어서 좋았다.

"형님은 정말 좋은 일을 하시는 것 같아요."

진평은 고개를 가로저었다.

"나는 커다란 가마솥 아래 땔감을 넣을 뿐이야. 물이 언제 끓을지는 기약이 없어. 어쩌면 미지근해기도 전에 불이 꺼질지도 몰라."

설가영이 진평의 손등에 자기 손을 얹으며 말했다.

"하지만 그 자체로 의미가 있다고 생각해요. 헛된 일이 아니니까 절대로 포기하지 마세요. 저도 도울게요."

진평은 미소 지었다.

설가영과는 말이 통해서 좋았다.

그렇게 사흘이 지난 뒤에 마침내 장계상으로부터 자세한 보고가 들어왔다.

진감호의 주둔지를 알아낸 진평은 혼자서 다녀오겠다고 했다. 그러나 설가영은 절대로 그럴 수 없다며 말을 듣지 않았다. 적 진영에서 무슨 일을 당할지 모른다고 해도 막무가내였고, 방주의 명령이라고 해도 통하지 않았다.

"이젠 절대로 헤어지지 않을 거예요!"

결국 진평이 졌다.

사실 그녀를 위해서라면 북경의 장군부나 산동의 성왕부에 머무는 게 가장 안전하겠지만, 진평은 그녀가 자신과 함께 있는 게 좋았다.

설가영이 따라온다니 삼목객의 동행도 막을 수 없었고, 홍패만 남겨두기도 뭐 했다. 결국 모두 함께 움직이기로 했다.

배를 타고 주둔지 근처까지 간 일행은 적당한 곳에서 내려 배를 숨겨두고 육로로 나아갔다.

그런데 십 리도 채 가기 전에 흙먼지가 일더니 일단의 병사들이 몰려들어 길을 막았다.

"멈춰라! 네놈들은 누구냐!"

창마다 붉은 깃발을 달고 머리엔 붉은 두건을 썼는데 도적패라고 하기엔 무장 상태가 상당히 좋은 편이었다.

기병 사오 기가 먼저 에워싼 후, 뒤이어 달려온 이십여 명의 창병이 빙 둘러 서자 진평 일행 여섯 명은 꼼짝없이 포위될 수밖에 없었다.

반군 병사들은 살기가 번뜩이는 눈으로 일행을 노려봤다. 법이고 도리고 따질 것 없이 자기네들 마음대로 해도 된다는 사실을 알기에 살기만큼이나 진득한 탐욕이 배어 있기도 했다. 설가영이 남장을 하지 않았더라면 불문곡직하고 달려들었을 게 분명했다.

진평이 나서서 물었다.

"당신들. 진감호의 부하들인가?"

그러자 기병 한 명이 호통을 쳤다.

"이놈! 감히 장군님의 존함을 함부로 부르다니!"

그러더니 허리에 차고 있던 철간(鐵簡)을 뽑아 휘둘렀다.

정수리를 내리찍는 손에 힘이 잔뜩 들어가 있어 단매에 때려죽이고자 하는 의도를 엿볼 수 있었다.

진평은 손을 뻗어 그의 손목을 잡아당겼다.

"어엇……!"

기병은 내리치던 자기 힘에 진평의 당기는 힘이 더해지자 감당하지 못하고 안장에서 떨어졌다.

한쪽 발이 등자에서 빠져나오지 못하는 바람에 발목이 뒤틀려 비명이 나왔는데 진평은 빼앗은 철간으로 그의 정강이를 내리찍었다.

"끄아악……!"

다리가 생짜로 부러진 기병은 극심한 고통을 이기지 못해 기절해버렸고 말이 놀라 달아나는 바람에 거꾸로 매달린 채 질질 끌려갔다.

뜻밖의 변괴에 놀란 다른 기병들이 일제히 무기를 뽑아들었다.

그러나 그들에겐 기회가 없었다.

홍패와 설가영, 삼목객, 마충, 왕립 등이 기다렸다는 듯이 저마다의 실력을 발휘하자 순식간에 모두 말에서 떨어질 수밖에 없었다.

기병들이 당하는 모습을 보고 창병들이 고함을 지르며 달려들었다.

그러나 진평 일행 중 가장 무공이 처지는 마충과 왕립만 해도 성왕부의 무사 출신이었다. 순찰병 정도가 당적할 상대가 아니었다.

요란한 비명과 함께 결국 모두가 제압당하고 말았다.

진평은 철간으로 한 기병의 고개를 들게 한 후 물었다.

"진감호의 부하들이냐고 물었다."

"예. 그, 그렇습니다."

"가서 전해라. 동릉의 동생이 찾아왔다고."

"예? 동생이시라고요?"

"그렇다."

"아! 어쩐지 무공이 절륜하시다 했습니다. 몰라 봬서 죄송합니다. 용서해주십시오."

"잔소리 말고 어서 가."

기병은 황급히 일어나 말을 타고 남쪽으로 달려갔다.

기다리는 동안 홍패는 마충과 왕립을 시켜서 반군 병사들의 주머니를 모두 털도록 했다.

오랜만에 본업을 발휘하는 것이었다.

진평은 거기서 나온 물건들을 통해 그들이 부자, 빈자 가릴 것 없이 모두를 대상으로 노략질을 했음을 알 수 있었다.

반 시진이 지나자 수십 기의 기병이 몰려왔다.

그들 사이엔 두 대의 마차도 있었다.

진감호가 보낸 것이었다.

진평 일행은 거기에 올라타 진감호의 진영으로 갔다.

* * *

진감호는 목책 밖까지 나와 진평을 맞이했다.

"평아! 어서 오너라!"

"형님!"

진평의 입가에 미소가 번졌다.

그를 보면 가장 먼저 떠오르는 감정은 역시 어린 시절을 함께 보낸 형제의 정이었다.

그러나 금빛 번쩍이는 갑옷 위에 금포(錦袍)를 걸치고 수염을 쓰다듬는 모습 때문에 그 감정은 오래 지속될 수 없었다.

"형님. 이게 어찌 된 일입니까?"

"하하하! 그건 들어가서 애기하자꾸나. 저분들은 누구냐?"

진감호의 시선은 삼목객에 고정되어 있었다.

한눈에 그의 비범함을 알아본 것이다.

진평은 손을 내저었다.

"그들은 내 부하들입니다."

"그래? 그렇다면 따로 군막을 내어줄 테니 거기 머물도록 하고 우린 밀린 회포를 풀자꾸나."

삼목객은 별다른 말없이 병사들이 안내하는 데로 따라갔다. 병영에 들어온 이후 사방에서 고수들의 기도가 감지되었기 때문이다. 순찰 돌던 병사들과는 비교도 안 되는 고수들이었다.

진감호는 삼목객과 얘기하는 건 나중으로 미루고 일단 진평을 자기 군막으로 데리고 갔다.

그는 술을 가득 따라 잔을 권하며 말했다.

"평아! 정말 잘 왔다. 내가 널 얼마나 찾았는지 모를 거다."

"저는 왜 찾으셨습니까?"

"그걸 몰라서 묻느냐. 천하에 혈육이라고는 너 하나뿐인데 이런 큰일을 하면서 어찌 네 생각이 나지 않겠느냐."

진평이 잔을 내려놓은 후 물었다.

"섭종유가 제가 아는 그 사람입니까?"

"하하! 그렇다. 그때 인사를 텄으니까 그 역시 네가 찾아왔다는 사실을 알면 몹시 반가워할 것이다. 막상 일을 벌여놓고 보니까 인재가 어찌나 부족한지 말이다. 하하하!"

진평은 고개를 가로저었다.

"제가 온 것은 형님 진영에 합류하기 위해서가 아닙니다. 형님을 만류하기 위해서입니다."

진감호의 안색이 굳었다.

"만류? 왜 그런 생각을 하였느냐?"

"형님도 말씀하셨지만, 제게 혈육은 형님 한 분뿐입니다. 그런데 역모에 가담한 걸 어찌 두고 볼 수 있겠습니까."

진감호는 껄껄 웃었다.

"하하하……! 역모란 말이 두려우냐? 사나이가 세상에 나왔으면 흉중에 큰 뜻을 품고 한 번쯤 천하를 도모해볼 수도 있지 않겠느냐?"

"섭종유는 마교와 손을 잡았다고 들었습니다."

진감호는 입맛을 다셨다.

"그건 나도 꺼림칙하긴 하다. 하지만 그로 인해 대사를 앞당기게 되었으니 꼭 나쁘게만 볼 일도 아니지."

진평이 다시 물었다.

"마교와 손잡는 일이 아무렇지도 않으십니까?"

진감호가 한숨을 내쉰 후 말했다.

"본시 천하를 다투는 무리는 다 도적의 무리에서 시작하기 마련이지. 그들 중에 경륜을 펼쳐낼 책사가 있으면 도적에서 한 단계 올라서서 천하를 노릴 수 있게 되는 거고, 모사가 없으면 그냥 도적떼로 끝나고 마는 법이다. 나는 섭종유가 내 말을 잘 들어줄 거라고 생각했다. 실제로도 이제까지는 그랬고."

"그런데 뭔가 달라졌습니까?"

진감호는 고개를 끄덕였다.

"관군과의 싸움에서 한 번 이기더니 그 이후로 내 말은 잘 듣지 않는구나. 계속 그런 식이라면 둘이 함께 망할 수밖에 없다고 생각했는데, 다행히 마교가 가세하면서 우리 사이의 빈틈을 메워주고 있지. 이젠 아무 문제도 없다."

"마교 교주를 만나보셨습니까?"

"아니. 어디선가 폐관수련 중이라고 하더구나. 장로들만 만나봤다."

"마교 교주는 형님과 섭종유 사이의 중재자 역할에 만족할 사람이 아닙니다."

진감호는 고개를 젖히고 웃었다.

"하하하! 우리 본혈방도 그렇게 만만치 않지. 그건 방주인 네가 누구보다 잘 알지 않느냐?"

"그는 저보다 강했습니다."

진감호는 깜짝 놀랐다.

"그게 무슨 말이냐? 그를 만난 적 있느냐?"

"예. 소림사에서 저와 소림방장, 동창 고수 세 명이 협격했는데 겨우 양패구상으로 끝났습니다."

"뭐라고? 그럼 호림공 진삼이 너냐?"

"그렇습니다."

"아! 어쩐지……. 짐작했어야 하는데."

진감호는 난감한 표정을 지었다.

마교와 손잡고 있는 지금 마교의 원수인 진평이 나타났으니 입장이 참으로 곤란하게 된 것이다.

"왜 진삼이라고 했느냐? 넌 형제 중 세 번째도 아니지 않느냐?"

본혈방주가 본명을 쓸 수 없다는 사실을 잘 알고 있으면서도 역정을 냈다.

"삼이란 숫자를 좋아해서요."

"으음……. 어쩐다. 이를 어쩐다."

진감호는 자리에서 일어나 서성거렸다.

"형님. 걱정하지 마십시오. 전 어차피 반역의 무리에 끼어들 생각이 없으니까요."

진감호의 목소리가 커졌다.

"넌 지금 세상이 제대로 돌아간다고 보느냐? 올해 호남성과 귀주성에는 기근이 들어 서로 자식을 바꾸어 잡아먹는 일이 흔했다고 하더구나. 그런데 고관의 집 창고엔 쌀가마가 썩어가고 있지 않느냐? 지주고 관리고 돈에 눈이 멀어서 어떻게든 자기 배만 불리려고 하는 세상, 확! 때려 부수고 전부 갈아치워야겠다는 생각이 들지 않느냐?"

"바꿔도 매한가지입니다."

"그게 무슨 소리냐! 우리 진씨가 황제가 되면 농부는 풍년가를 부르고 관리들은 직분을 다하여 천하에 배곯는 백성이 단 한 명도 없을 것이다."

진평은 고개를 가로저었다.

"황제가 바뀐다고 세상이 바뀌지는 않습니다. 백성 개개인이 스스로 바뀌기 전에는 계속 당할 수밖에 없습니다."

"그게 무슨 해괴한 소리냐? 성군이 덕치(德治)를 하는데 어찌 관리와 지주들이 농간을 부리겠느냐."

"설령 한 사람의 성군이 나온다 해도 결국 관리들은 부패할 수밖에 없습니다."

"그럼 지금의 세상을 그냥 두고만 보자는 게냐?"

"전쟁을 시작하면 안 그래도 어려운 백성들만 죽어날 뿐입니다. 농사의 때를 놓치면 더 많은 지역으로 기근이 확산될 것이고 관도는 유민들로 가득 찰 것입니다."

진감호는 말없이 진평을 노려보다가 물었다.

"결국 날 돕지 않겠다는 말이냐?"

"형님. 제발 부질없는 야망을 버리십시오."

"부질없다고?"

진감호는 발을 구르며 호통을 쳤다.

"난 방주직까지 버리면서 오늘을 준비했고, 마침내 그 첫발을 내딛게 되었다. 그런데 축하해주지는 못할망정, 부질없다고?"

"많은 사람에게 고통만 안길 뿐입니다."

"흥! 말도 안 되는 소리."

진감호는 손바닥으로 탁자를 내리친 후 말을 이었다.

"확실하게 입장을 밝혀라. 정말 날 돕지 않을 생각이냐?"

"그렇습니다."

진평의 의지는 확고했다. 그런 그의 눈빛을 본 진감호가 어조를 누그러뜨려 말했다.

"내가 오늘에 이를 수 있었던 데는 지난번 네가 찾아와서 은을 사라고 귀띔해준 덕이 컸다. 그게 바로 우리 형제의 나아갈 길 아니겠느냐? 어린 시절을 생각해 보거라. 우리가 힘과 머리를 합치면 총관도 호법도 두 손 두 발 다 들지 않았느냐. 지금이야말로 다시 힘을 합칠 때다."

진평은 한숨을 내쉬었다.

어린 시절 생각을 하니 가슴이 아팠다.

"형님과의 정을 생각하면 응당 따라야겠지만 본혈방 방주로서, 저는 그리할 수 없습니다."

진감호의 음성이 착 가라앉았다.

"진심이냐?"

"그렇습니다."

"한 번 더 묻겠다. 이번엔 심사숙고한 후 제대로 대답하길 바란다. 그 답에 따라 형제의 연이 끊어질 수도 있으니까."

진평은 가슴이 답답해져 옴을 느꼈다.

"형님. 그러실 필요까지는……."

"마지막으로 묻는다. 정녕 나와 뜻을 함께하지 않을 작정이냐?"

진평을 노려보는 진감호의 눈빛엔 살기까지 어려 있었다.

말로만이 아니라 실제로 형제의 연을 끊겠다고 작심한 모습이었다.

진평은 망설였다.

그러나 정 때문에 대의를 버릴 수는 없었다.

그는 한 차례 심호흡을 한 후 입을 열었다.

"저는 형님을 따를 수 없습니다."

진감호의 안색이 딱딱하게 굳었다.

"생각이 바뀔 가능성은?"

"없습니다."

진감호는 낙담하지 않을 수 없었다.

진평의 고집에 대해서는 그 역시 잘 알고 있었다.

"만약 전장에서 마주친다면 어찌하겠느냐?"

"싸울 것입니다."

"내게 칼을 겨누겠다고?"

"형님이 포기하지 않으신다면 그건 어쩔 수 없는 일입니다."

진감호는 천천히 고개를 끄덕였다.

"독하지 않으면 장부가 아니라고 했지."

그의 목소리엔 쓸쓸한 감정이 배어 있었다.

그때, 돌연 진감호의 양손이 탁자로 향하더니 그걸 진평 쪽으로 강하게 밀어붙였다.

진평은 깜짝 놀라 탁자를 막았고, 두 사람의 힘을 못 이긴 탁자는 산산이 부서져 온통 나뭇조각이 비산했다.

"형님! 왜 이러십니까?"

"그걸 몰라서 묻느냐? 내게 칼을 겨누겠다는 자를 살려두어서 무엇하겠느냐?"

말하는 중에 진감호의 주변 공기가 요동치며 강렬한 소용돌이를 만들었고, 부서진 탁자 조각들이 거기 휩쓸려 나선을 그리며 회전했다.

급격히 내공을 끌어올리는 모습이었다.

진평 역시 내공을 끌어올리지 않을 수 없었다.

"형님. 진정하십시오!"

"닥쳐라! 누가 네 형이란 말이냐?"

그 말이 진평의 가슴을 후벼 팠다.

그러나 진평은 감상에 젖을 여유가 없었다. 진감호의 무시무시한 공격이 곧바로 이어졌기 때문이다.

진평의 생각과 달리 진감호는 정말로 진평을 죽일 생각이었기에 초식 하나하나가 사혈을 노리고 들어왔다.

서너 걸음 뒤로 밀리다가 군막에 닿은 진평은 행동의 제약을 피하기 위해 회풍류로 진감호의 공격을 튕겨냈다.

그러나 바로 그 순간, 진감호 역시 회풍류를 쓰는 바람에 진평에게 강력한 잠력이 되돌아오고 말았다.

"으윽……!"

군막이 찢어지면서 밖으로 튕겨 나간 진평은 정신을 바짝 차리고 내공을 극한까지 끌어올렸다.

진감호와는 어려서부터 대련을 해왔기 때문에 상대에 대해 잘 안다고 생각했는데, 지금의 진감호는 진평이 알던 그가 아니었다. 목숨을 노리고 달려드는 맹수. 게다가 자신이 쓰는 모든 기술을 알고 있는 무서운 상대였다.

밖으로 따라나온 진감호가 말했다.

"넌 어려서부터 단 한 번도 날 이기지 못했다. 방주가 되었다고 해서 그게 달라질 리 있겠느냐? 하하하!"

"전 형님과 싸우고 싶지 않습니다."

"싸우지 마. 그저 죽어주기만 하면 된다."

진감호의 공격이 이어졌다.

그의 초식들은 본혈방의 무고에 있던 상승 무학들을 총망라하고 있었다. 내공 또한 극한까지 연마한 상태라 진평이 이제까지 싸워 본 그 누구보다 상대하기 버거웠다.

두 사람의 손이 얽힐 때마다 굉음이 울렸고, 발 디딘 자리는 움푹 파였다.

상황이 그렇다 보니 진평 일행과 진감호의 부하들 모두 깜짝 놀라 밖으로 몰려나왔다.

삼목객이 탄성을 토했다.

"좋구나!"

극에 달한 두 사람의 움직임에 감탄하여 형제간의 싸움이라는 사실을 잠시 잊은 것이다.

그들의 싸움이 워낙 치열하다 보니 진평 일행과 진감호의 부하들은 그저 눈만 멀뚱거릴 뿐 감히 말리거나 끼어들지 못했다.

상황은 진감호가 유리했다.

진평은 연거푸 물러설 뿐만 아니라 손발의 움직임도 차츰 법도를 잃고 있었다.

진감호의 공세가 그만큼 치열했던 것이다.

"크윽……!"

결국 답답한 신음과 함께 진평이 사오 장이나 튕겨 나갔다. 급히 자세를 바로잡았지만 한 모금 각혈은 피할 수 없었다.

"형님!"

설가영이 여자 목소리를 감추지 못하고 외쳤다.

안 그래도 오랜 시간 내상 때문에 고생한 사람이 또다시 타격 입은 모습을 보니 다른 데 신경 쓸 여유가 없었던 것이다.

진평은 손을 내저어 그녀를 진정시켰다.

그리고 한 차례 호흡으로 기식을 가라앉힌 후 진감호에게 물었다.

"꼭 이렇게 해야겠습니까?"

"후후……. 나를 원망하지 마라. 네가 택한 길이니."

"그렇다면 저도 이제부터 형님의 아우가 아니라 본혈방의 방주로서 싸움에 임하겠습니다."

진감호는 코웃음을 쳤다.

"흥! 그럼 이제까진 날 봐줬단 말이냐?"

그런 것은 아니었다. 하지만 상대를 때려눕히겠다는 의지는 없었던 게 사실이었다.

진평은 마음을 다잡고 자세를 낮추었다.

진기를 순환시켜 보니 방금 당한 내상 때문에 흐름이 원활하지 못했다. 그런데 이상하게도 정신만큼은 그 어느 때보다도 맑고 또렷했다.

그것은 이상한 일이었다.

달려든 진감호와 격돌하여 초식을 교환하면서, 진평은 마치 자기가 아닌 다른 사람이 싸우는 광경을 관찰하고 있는 듯한 기이한 경험을 하게 되었다. 분명 자신의 팔에 통증이 전해지는데도 그 움직임을 외부에서 바라보는 것 같았다.

진평은 자신의 안에서 뭔가 일어나고 있음을 직감했다.

진감호의 움직임은 자신과 뿌리가 같았다.

초식뿐만 아니라 내공 운용까지 똑같았다.

그렇기에 마치 거울을 앞에 놓은 것처럼, 자신이 관찰자인 동시에 관찰의 대상도 되는 느낌을 받는 것이었다.

내상을 입은 기간, 진평의 뇌리에서 떠나지 않던 한 가지 의문은 과연 형(形)을 잊는다는 것보다 높은 경지가 무엇이냐 하는 것이었다.

그 질문에 대한 답은 안갯속처럼 희미하고 모호하기만 할 뿐 뚜렷한 모습을 보여주지 않았다.

그런데 진감호와 극한의 초식들을 교환하면서 그 답을 찾을 수 있게 되었다.

깨달음의 순간은 갑작스럽게 찾아왔다.

"허엇……!"

진감호의 다급성과 함께 진평의 검지가 진감호의 견정혈로 파고들었다. 진감호는 어떻게든 막거나 피하려 했지만 도무지 길이 보이지 않았다. 허망하게 점혈을 당한 진감호는 비틀거리며 물러섰고, 경악과 불신의 눈빛으로 진평을 노려봤다.

"바, 방금 무슨 초식을 쓴 거냐?"

진평은 대답하지 않았다.

새까만 밤하늘을 가르는 유성처럼 다가온 깨달음.

그 여운을 놓치고 싶지 않았던 것이다.

진감호는 비틀거리며 뒤로 물러섰다.

다행히 진평이 점혈의 마지막 순간에 힘을 뺐기 때문에 몸 전체가 마비되지는 않았다.

눈을 감고 천천히 자신의 움직임을 되짚어 한 번 더 시전해 본 진평이 눈을 떴다.

그의 얼굴엔 희열이 가득했다.

그동안 자신을 괴롭히던 질문에 답을 얻었다는 사실이 기뻐서 자기도 모르게 진감호에게 치사를 했다.

"고맙습니다. 형님."

"으으……."

진감호는 못마땅한 표정으로 진평을 노려봤다.

자기는 죽이려 했는데 진평은 오히려 손속에 사정을 두어 살려주었다는 사실에 자존심이 상했다.

그러나 자존심보다 더 심각한 문제는 진평이 자신보다 강하다는 사실이었다.

본혈방을 나온 이후에도 무공 연마를 게을리하지 않았기 때문에 언제든지 마음만 먹으면 진평은 제압할 수 있다고 생각했는데 오산이었던 것이다.

진감호가 신경질적으로 외쳤다.

"네가 이겼으니 마음대로 해라! 내 목을 내어줄 테니 관아로 가지고 가서 상을 타거라!"

진평은 다시 한숨을 내쉬었다.

"제가 형님께 어찌 그럴 수 있겠습니까."

진감호는 악을 썼다.

"나는 차라리 이 자리에서 죽을지언정 절대로 뜻을 굽히지 않을 것이다!"

진평은 그의 뜻이 확고함을 알았다. 자신을 죽이려고까지 했으니 마음을 돌리기는 불가능하다고 보아야 했다.

'어떻게 해야 옳단 말인가.'

진감호가 말하는 대로 그를 죽일 수는 없었다.

아무리 명분을 따라야 한다고 해도 자기 손으로 형을 죽이는 일은 차마 할 수 없었다.

결국 진평은 말없이 돌아섰다.

평소 같았으면 다시 만나자고 작별 인사를 했겠지만, 지금은 그럴 수가 없었다. 다시 만나는 것은 서로에게 불행으로 이어질 가능성이 크기 때문이었다.

진감호 역시 떠나는 동생에게 아무 말도 하지 않았다.

진평이 등을 보이자 설가영을 비롯한 일행도 그의 뒤를 따라갔다.

진감호의 부하 무사들과 병사들은 진감호를 바라봤다. 명령을 기다리는 것이었다.

진감호는 손짓으로 앞을 막지 말도록 했고, 진평 일행은 아무런 방해 없이 군영을 빠져나올 수 있었다.

진평 일행이 멀어지는 동안 진감호는 스스로 혈도를 풀고 마비되었던 관절들을 움직여 주었다.

그리고 군영의 한쪽 구석에 세워진 막사로 갔다.

그가 안으로 들어서자 한줄기 음산한 기운이 앞을 휘감고 돌았다.

진감호가 말했다.

"마도장. 접니다."

그러자 사이한 기운이 일시에 사라지고 막사 내부가 훤히 드러났다.

바닥엔 천반봉침(天盤縫針)과 인반중침(人盤中針)의 글자들이 주사(硃砂)로 빽빽이 적혀 있고 가운데 한 남자가 앉아 있었다. 그런데 그의 몰골이 기괴하기 짝이 없었다.

머리엔 순양건(純陽巾)을 쓰고 몸엔 누런 실로 괘상을 수놓은 검정 도포를 입었는데, 꼬불꼬불한 수염은 붉은색이고 낯빛은 푸르죽죽했으며, 두 눈은 빨갛게 충혈되어 토끼 눈 같았다.

그가 일어나서 예를 취했다.

"장군님을 뵙습니다."

몸은 비쩍 말랐지만 목소리는 굵은 저음이었다.

진감호가 그에게 물었다.

"지난번에 말씀하셨던 것을 지금 시험해 볼 수 있을까요?"

도사의 눈이 빛났다.

"물론입니다."

"도장께서 장담하신 내용을 믿어도 되겠지요?"

"후후후……. 물론입니다."

혈안의 도사는 음산한 어조로 말을 이었다.

"천하제일의 고수라고 해도 우리 아이들을 이길 수는 없습니다. 우내팔정이 한꺼번에 덤빈다 해도 마찬가지일 것입니다. 흐흐흐……."

진감호는 흡족한 표정을 지었다.

"기대가 큽니다."

"실망시키지 않을 것입니다."

*　*　*

배를 향해 돌아가는 내내 진평은 생각에 골몰해 있었다. 한참 동안 말없이 따라가던 설가영이 결국 참지 못하고 그에게 물었다.

"형님. 뭘 그렇게 생각하세요? 그렇게 마음이 좋지 않으세요?"

사촌 형과 말다툼을 넘어 살초까지 주고받았으니 상심이 클 거라고 짐작한 것이다.

진평은 손을 내저었다.

방해하지 말라는 뜻이었다.

그는 사촌 형과의 비무 과정에 얻은 깨달음을 자신의 것으로 소화하는 데 온 정신을 집중하는 중이었다.

강가에 거의 다 와서야 그 생각들이 자리를 잡았고, 어느 정도 정리를 할 수 있었다.

진평은 그제야 설가영을 돌아봤다.

그녀는 입이 댓 자나 나온 상태였다.

진평이 미소를 지으며 말했다.

"미안해. 초식에 대한 깨달음이 있어서 그걸 잊지 않으려고 하다 보니 네 얘기를 못 들었어. 아까 뭐라고 했지?"

설가영은 눈을 반짝였다.

"그건 중요하지 않으니까 잊으셔도 되고요. 깨달음에 대해서 얘기해주세요."

그녀뿐만 아니라 삼목객과 홍패, 마충과 왕립도 잔뜩 궁금한 표정으로 진평을 바라봤다.

진평 정도의 고수가 얻은 깨달음이라면 필시 무학의 정수가 담긴 내용일 터이니 다들 관심이 지대할 수밖에 없었다.

진평은 입맛을 다셨다.

"그러니까 그게……."

진평은 자신이 얻은 바를 설가영과 공유하고 싶었다.

하지만 말이 나오지 않았다.

자신만의 비밀로 감추고 싶어서가 아니라, 말로 표현할 수 있는 한계를 넘어서 있었다.

몸으로는 아는데 설명은 불가능한 상황.

자신이 그토록 오랜 시간 동안 궁구(窮究)했음에도 불구하고 답을 찾지 못했던 이유가 바로 그것이었다.

진평이 머뭇거리자 설가영이 말했다.

"말해주지 않으셔도 돼요."

약간 섭섭한 어조였다.

진평은 답답했다.

분명 알고 있는데 그걸 설명하기가 어려웠다.

문득 도가도는 비상도(道可道非常道)고, 명가명은 비상명(名可名非常名)이라는 도덕경의 한 구절도 생각났고, 흰 말은 말이 아니다(白馬非馬)라는 공손룡자(公孫龍子)의 글귀도 생각났다. 심지어는 오늘 월나라에 갔는데 어제 도착했다는 혜시의 궤변까지도 이해할 수 있을 것 같았다.

그들은 자신이 깨달은 지혜를 사람들의 상식에 맞추어 설명해줄 수 없음을 알고 답답한 마음에 그런 식으로 얘기를 한 게 분명했다.

어린 시절 그들의 책을 읽을 때는 허무맹랑하고 뜬구름 잡는 얘기로 여겨졌지만, 오늘 무학의 정묘한 도를 깨우치고 나서 그걸 설명하려고 보니 자신도 애매한 단어들을 나열하는 것 외에는 할 수 있는 일이 없었다.

"음은 홀로 키울 수 없고, 양은 외롭게 태어날 수 없어."

설가영은 물론 일행 모두의 표정이 묘하게 변했다.

"그게 무슨 뜻이죠?"

"그러니까 치는 것을 양, 막는 것을 음이라 하면 그것들이 이어지지 않으면 안 된다는 뜻이야."

"그거야 당연한 얘기 아닌가요?"

설가영은 잔뜩 기대했다가 실망하는 눈치였다.

진평은 답답했다.

"당연하다고만 생각하지 말고 거기서 한 단계 더 깊이 생각해 봐. 단순히 겉으로 드러나는 것 이상의 이치가 숨어 있어."

그러나 설가영 입장에선 진평이 가장 초보적인 애기를 하는 것이라고만 생각되었다.

진평은 바닥에 떨어진 나뭇가지 하나를 주워들었다. 그리고 갈대 줄기 하나를 뽑아 다른 손에 쥐었다.

"잘 봐. 이 나무는 단단하고 갈대는 부드럽잖아. 하지만 이렇게 할 수가 있거든."

순간 진평의 손에 들린 갈대가 나뭇가지에 푹! 박혔다. 마치 두부에 젓가락을 꽂듯이 너무나 쉽게 이루어진 동작이라 보는 사람들 모두 놀라지 않을 수 없었다.

"아까 한 얘기의 내용이 바로 이거야."

설가영은 갈대 박힌 나뭇가지를 빼앗아 들고 이리저리 살펴본 후 말했다.

"형님! 저도 이렇게 하는 방법 좀 가르쳐주세요."

"으음……."

진평은 입을 다물었다.

처음 말한 게 최선이었다. 언어로는 아무리 해도 전해질 것 같지가 않았다.

그가 방법을 고민하고 있을 때, 사방에서 갈대 부스럭거리는 소리가 들려왔다.

진평 일행은 저마다 무기를 뽑아들고 좌우를 경계했고, 홍패가 못마땅한 표정으로 말했다.

"힝! 어쩐지, 순순히 보내주는 게 이상하다 했더니 매복을 시켜놓고 있었군."

진평은 다가오는 검은 그림자들을 보며 진감호에 대해 다시 한 번 실망하지 않을 수 없었다.

그에 대한 자신의 생각과, 자신에 대한 그의 생각 사이에 많은 차이가 있음을 확인하고 나니 그저 한숨만 나왔다.

일행을 에워싼 적들은 모두 검은 도포를 입고 머리엔 두건을 쓰고 있었는데, 바람을 타고 악취가 진동했다.

홍패가 코를 쥐며 말했다.

"이놈들은 도대체 목욕을 언제 했기에 시체 썩는 냄새가 나는 거야?"

삼목객이 중얼거렸다.

"시체니까 그런 냄새가 나는 거다."

그 말에 깜짝 놀라 자세히 살펴보니 다들 얼굴에 핏기가 없었고 눈동자도 허옇게 변해 있었다.

강시(殭屍)의 출현에 일행 모두는 긴장하지 않을 수 없었다. 진평도 말로만 들었지 실제로 강시를 만난 건 처음이었다.

설가영이 겁먹은 표정으로 진평에게 바짝 붙었다.

그러자 삼목객도 그녀 곁으로 다가섰다.

그가 이 일행에 합류한 이유는 오로지 하나, 아나히타를 데려가기 위함이었다. 모두 다 강시에게 죽는다 해도 설가영만큼은 반드시 데리고 탈출해야만 했다. 여유가 닿는다면 새로 교도가 된 마충과 왕립까지 구하겠지만, 진평과 홍패는 그의 관심 밖이었다.

"놈들의 몸에 손이나 발이 직접 닿으면 시독(屍毒)이 옮을 수도 있으니까 조심해."

삼목객의 말은 모두를 더욱 움츠리게 만들었다.

설가영이 그에게 물었다.

"선배님. 이놈들은 어떻게 해야 제압할 수 있죠?"

"보통은 술사(術士)를 잡으면 되는데……."

자신 없는 말투였다.

삼목객 역시 강시에 대한 지식이라곤 책에서 본 것이 전부였다.

강시들은 모두 열일곱으로, 원형의 포위진을 구성하며 천천히 그 반경을 좁혀왔다.

그들의 움직임은 놀랍게도 살아 있는 사람과 다르지 않을 뿐만 아니라 고수의 풍모까지 드러내고 있었다.

홍패가 먼저 손을 놀렸다.

표창 하나를 강시의 눈에 박아 넣은 것이다.

퍽! 소리와 함께 강시의 머리가 뒤로 젖혀졌다가 곧바로 되돌아왔다. 표창이 자루까지 깊이 박혔음에도 불구하고 그는 비명을 지르지도 않았고 아파하지도 않았으며, 표창을 뽑으려 하지도 않았다.

"저, 저놈들 장님인가 봅니다."

홍패의 목소리가 살짝 떨렸다.

자신의 가장 자신 있는 재주가 전혀 먹혀들지 않는 상대를 만난 것이다.

삼목객의 표정도 굳었다.

강시들이 시각을 사용하지 않는다면 자신의 환술은 아무 쓸모도 없게 되기 때문이었다.

일정한 간격을 두고 포위망을 좁힌 강시들은 동시에 걸음을 멈추었다. 그리고 어디선가 긴 휘파람 소리가 들리더니 도사 한 명이 모습을 드러냈다.

"흐흐흐……! 신선한 재료가 여섯 마리나 모여 있구나. 너희들의 동료로 만들어줄 터이니 상처 나지 않게 잘 잡자꾸나."

도사의 말에 강시들이 일제히 소리를 냈다.

명확한 발음이 아닌 신음이었는데, 진평 일행 입장에선 괴기스럽고 소름이 끼쳤다.

진평이 도사에게 물었다.

"넌 누구냐?"

"나? 나는 마맹기(馬孟企)라고 한다. 장차 너희들의 주인님이 되실 분이지. 흐흐흐……."

"누가 널 보냈느냐?"

"그야 장군님이지. 후후……."

사실을 확인한 진평은 고개를 가로저으며 중얼거렸다.

"꼭 이렇게까지 해야 했습니까. 형님."

검은 도포의 도사, 마맹기가 강시들에게 말했다.

"자, 슬슬 시작해보자꾸나."

강시들이 움직이기 시작했다.

바로 그때, 홍패가 득달같이 표창 세 개를 연달아 던졌다. 모두 마맹기의 요혈을 노렸는데, 세 개의 속도가 각각 달라서 나중에 던진 것이 먼저 박히는 식이라 막거나 피하기에 여간 까다로운 게 아니었다.

시체처럼 푸르죽죽하던 마맹기의 얼굴이 뜻밖의 기습에 놀라 더욱 시커멓게 변했는데, 검은 그림자 하나가 어른거린다 싶더니 그의 앞을 가로막고 표창 세 개를 모두 몸으로 받아내었다.

그것은 또 다른 강시로 머리에 철립을 쓰고 있었다.

홍패는 아쉬움에 발을 굴렀고, 진평은 새로 나타난 강시의 움직임이 예사롭지 않음에 크게 놀랐다.

강시란 시체로 만드는 것인데 어떻게 저리도 빠른 움직임이 가능한지 이해가 되지 않았다.

마맹기가 홍패를 가리키며 외쳤다.

"저놈을 제일 먼저 죽여라!"

포위하고 있던 강시들이 일제히 움직였다.

그들 역시 몸놀림이 민첩하기 이를 데 없었다.

"이놈들! 감히 어디라고 덤비느냐!"

홍패의 앞을 막아선 마충과 왕립의 칼이 강시의 몸을 쪼개어 갔고, 정확하게 적중되었다.

두 사람은 강시들이 무기를 들고 있음에도 불구하고 자신들의 칼을 막지 않는다는 사실에 놀라지 않을 수 없었다.

강시들은 방어에 전혀 신경 쓰지 않고 오로지 공격만 펼쳐 냈다.

칼로 쳤기에 그들의 공격도 빗나갔지만, 당황스럽게도 칼에 베여 잘린 것은 강시들의 도포뿐이었다.

피부엔 칼날이 박히지 않은 것이다.

"도검불침(刀劍不侵)!"

진평은 마충과 왕립이 강시들을 당해내지 못할 거라는 사실을 알고 앞으로 나서 연달아 주먹을 내뻗었다.

둔탁한 파열음과 함께 강시들은 사오 장씩 뒤로 날아갔다. 크게 힘들이지 않은 동작인데도 진평의 주먹은 무시무시한 위력을 지니고 있었던 것이다.

잠깐 사이에 강시 모두가 갈대숲에 처박히자 마맹기는 놀라고 당황하는 기색이 역력했다.

설가영이 진평에게 달려와 말했다.

"형님! 그걸 맨손으로 치시면 어떻게 해요."

진평은 주먹을 들어 보였다.

잠시 후 그의 주먹 주변으로 흰 김이 서렸는데, 끌어올린 내공으로 삼매진화(三昧眞火)를 일으켜 혹시라도 해로울 수 있는 성분들을 모두 태워버린 것이었다.

설가영이 검으로 마맹기를 가리키며 말했다.

"봤느냐? 너희들은 아무런 위협도 되지 못해."

마맹기의 표정이 변했다.

그의 얼굴에 드러난 감정은 기쁨이었다.

"세상에 이런 고수가 또 있었다니. 흐흐흐……. 하늘이 우리 모산파(茅山派)의 앞길을 열어주시는구나. 저놈을 강시로 만들면 나는 오른팔에 이어 왼팔까지 가지게 되는 셈 아니겠느냐? 하하하……!"

"모산파?"

마맹기는 바로 모산파의 장문이었다.

모산파는 예전에 한때 구파일방의 일원으로 꼽힌 적도 있지만 좌도(左道)의 방문(傍門)으로 빠지면서 이제는 완전히 길이 어긋나버린 문파였다.

설가영이 냉소를 지었다.

"저 허수아비들로 무엇을 더 할 수 있겠느냐?"

"허수아비? 흐흐흐……. 구유반혼강시(九幽返魂殭屍)는 보통 강시들과 차원이 다르다. 보겠느냐?"

그가 짧게 휘파람을 불자 진평의 주먹에 맞아 갈대숲으로 날아갔던 강시들이 일제히 몸을 일으켜 포위망을 다시 구축했다. 놀랍게도 그들의 움직임은 처음보다 오히려 더 민첩해 보였다.

설가영은 당황하지 않을 수 없었다.

마맹기가 말했다.

"우리 아이들은 안마를 해주면 약액 순환이 잘되어서 점점 본래 실력을 발휘하게 되지. 흐흐흐……."

진평은 설가영의 어깨에 손을 얹었다.

"내게 맡겨."

그의 미소를 본 설가영은 뒤로 물러섰다.

강시들은 입으로 기괴한 소리를 내며 진평을 향해 천천히 거리를 좁혀왔다.

그들과 마주 선 진평의 표정은 차갑게 가라앉았다.

진감호에 대한 분노가 안색을 굳게 한 것이다.

그리고 그 분노는 진평의 두 주먹으로 자리를 옮겨갔다.

〈다음 권에서 계속〉

천검제
『절대천왕』, 『암천제』, 『천풍전설』의 작가!
장담 신무협 장편소설
『천검제』
세상을 뒤엎는 한이 있어도,
아버지의 죽음에 관여한 자들 모두 용서치 않으리라!
dream books
드림북스

임유아 판타지 장편 소설
나이트 인 블랙
Knight in Black
서정적 판타지의 진화, 치명적인 어둠의 노래.
열망만으로는 잡을 수 없는 것이 있음을 깨달은 그해 겨울,
자신을 배신한 운명에게 건넬 복수의 검을 쥐고, 소년은 일어섰다!
dream books
드림북스